Die Schriftstellerin Catt verdient in Ostberlin ihr Geld als Taxifahrerin. Auf einmal verschwindet ihre Freundin, die Kunsthistorikerin Janina. Catt stellt Nachforschungen an und zeichnet diese literarisch nach – so entsteht eine Geschichte in der Geschichte.

Aufgrund der Entstehungsbedingungen der Erzählung in der DDR ist »Catt« stets Fragment geblieben. Jetzt hat Krista Maria Schädlich zusammen mit Hans Joachim Schädlich die Geschichte aus dem Konvolut, das seit Jahren im Deutschen Literaturarchiv Marbach liegt, rekonstruiert.

In ihrem Nachwort erzählt sie die Geschichte des Textes, erklärt, warum er nicht erscheinen konnte, und beschreibt zugleich die privaten ost-westdeutschen Schriftstellertreffen, an denen zwischen 1974 und 1977 über 40 Autoren teilnahmen, u. a. Bernd Jentzsch, Sarah Kirsch, Günter Kunert, Günter Grass, Uwe Johnson und Nicolas Born. So erzählt das Nachwort auch von der Geschichte des nicht-offiziellen literarischen Diskurses in der DDR.

Hans Joachim Schädlich (*1935) siedelte 1977 mit seiner Familie aus der DDR in die Bundesrepublik über. Dort hatte er gleich mit seinem ersten Buch »Versuchte Nähe«, das zu diesem Zeitpunkt bereits im Rowohlt Verlag erschienen war, großen Erfolg. Schädlich erhielt für sein vielfältiges literarisches Werk zahlreiche bedeutende Literaturpreise. Zuletzt veröffentlichte er die viel gelobte Novelle »Sire, ich eile. Voltaire bei Friedrich II.« (2012) und den Roman »Narrenleben« (2015). Er lebt in Berlin.

Hans Joachim Schädlich

Catt

Ein Fragment

Herausgegeben und mit einem Nachwort
von Krista Maria Schädlich

VERBRECHER VERLAG

1. Auflage
Verbrecher Verlag Berlin 2015
www.verbrecherei.de

Lektorat: Kristina Wengorz
Satz: Christian Walter
Gesetzt aus der EB Garamond 12 und 08
Druck und Bindung: CPI Clausen & Bosse, Leck

ISBN: 978-3-95732-123-7

Printed in Germany

Der Verlag dankt Carolin Trauter.

Vorbemerkung

Die Catt-Geschichte hatte ich mir in den 70er Jahren so gedacht:

Eine junge Frau, die von ihren besten Freunden Catt genannt wird, verdient in Ostberlin als Taxifahrerin ihr Geld. Das Taxifahren ist nur ein notwendiger Job.

Catt ist eine Schriftstellerin, die die Erfahrungen ihres Arbeitsalltags und ihrer persönlichen Beziehungen einerseits in ausgearbeiteten Prosaskizzen, andererseits in bloßen Arbeitsnotizen (kursiv gesetzt) festhält.

Catt ist auf der Suche nach ihrer Freundin Janina, die plötzlich verschwunden ist. Janina ist Assistentin am Kunsthistorischen Institut der Universität.

Die Nachforschungen über Janinas Verbleib zeichnet Catt mit dem literarischen Anspruch auf, Janinas Geschichte zu schreiben – eine Geschichte in der Geschichte.

Andere literarische Texte von Catt finden in der Catt-Geschichte ebenfalls ihren Platz (z. B. der Text »Juca und Koschko«).

Catts Freund heißt Uz.

Catt und Uz haben viele Bekannte, aber Freunde hat jeder nur zwei: Catt hat Quantz und dessen Freundin Napoleon, Uz hat Scriba und dessen Freundin Louise.

Krista Maria Schädlich hat aus den Textteilen, die seit Jahren im Deutschen Literaturarchiv Marbach liegen, das Fragment der Catt-Geschichte rekonstruiert.

Hans Joachim Schädlich 2015

Catt heißt für mich schon immer Catt, sagt Uz. Nicht viele nennen Catt Catt. Die meisten nennen sie, wie sie heißt. Vielleicht nenne ich sie einmal nur noch, wie sie heißt, sagt Uz.

Uz sagt Catt zu Catt und daß er heute vorbeikommt, und Catt sagt,

Ich habe nichts herausgefunden.

*

Jeden Tag lerne ich fünfzig neue Gesichter kennen, fünfzig Stimmen, manche nennen nur eine Straße, ein Hotel, eine Behörde, einige fügen eine Wegbeschreibung hinzu, manchmal ist sie mir nützlich, andere reden die ganze Zeit über, reden meistens über sich selbst, aber zu mir, und ich kenne sie doch gar nicht, als mache sie die zufällige und einmalige Begegnung frei. Wenigstens tausend Leute im Monat, die ich vorher nie gesehen habe und nie wieder sehen werde, sagen irgend etwas zu mir, ich gehe mit Tausenden von Leuten um in einem Jahr, und mit immer weniger Leuten kann ich umgehen.

Immer schwieriger werde ich auch für viele Freunde. Es sind Leute, die mich manchmal brauchen, ich gebe ihnen meine Zeit, sie trinken Rotwein und essen belegte Brote. Ich bin selten zu Hause, und so rufen sie mich selten an. Wenn ich mit ihnen zusammensitze, rede ich, als sei ich nicht allein. Nur mit Uz rede ich wie allein.

Ich sage, Ich habe nichts herausgefunden.

*

Die enge Straße, in der Janina wohnt, ist unverändert. Die Straßenbahn, eingleisig, kommt mir auf der rechten Straßenseite entgegen, ich weiche zur Mitte aus. Ich kann nur in einer Querstraße parken, drei Häuser weiter. Vor dem Haus, in dem Janina wohnt, bleibe ich stehen. Der kleine Tabakladen, Zeitungen gibt es auch, Berliner Zeitung, Nationalzeitung, Neues Deutschland, an der Ladentür hängt ein Holzgestell, die Zeitungen sind mit Wäscheklammern festgemacht, übereinander, es genügt, daß man Titel und Schlagzeilen erkennt. Im Laden warte ich, daß hinter dem Vorhang, der den Durchgang zum Hinterzimmer verdeckt, eine Frau in den Laden kommt, Frau Timpe, bei der ich manchmal Zigaretten kaufe. Ich sage Cabinet zu Frau Timpe, und ehe sie mir sagt, warum ich hier bin, gibt sie einem Mann, der nach mir in den Laden gekommen ist, seine täglichen Zigaretten und sein monatliches Magazin. Sie wollen zu Fräulein Janina, aber die ist nicht mehr hier, sagt Frau Timpe. Frau Timpe weiß es, Janina ist (war?) ihre Untermieterin. Am vierten Tag hab ich ihre Zeitungen oben auf den Kühlschrank gelegt, sagt Frau Timpe. Ohne mir ein Wort zu sagen!

Mehr weiß Frau Timpe nicht. Die Zeitung hat sie abbestellt. Das Zimmer, in dem Janina wohnte, ist unverändert. Post kommt nicht. Der Bevollmächtigte des Abschnitts, in dem der Tabakladen von Frau Timpe liegt, hat alles notiert. Eine Nachricht von ihm hat Frau Timpe nicht bekommen.

Uz schweigt.

*

Früher Morgen – ich kann keinen Lärm ertragen. Das Radio, Ganz liebe und ganz, ganz herzliche Grüße zum Geburtstag von Papa und Mama aus Leipzig, Türenschlagen, die vorbehaltlosen Stimmen von Kindern, Fragen, das Geräusch des Toasters, das vielleicht gerade noch. Alles, was mich von mir ablenkt. Ich habe Mühe, mich zurechtzufinden. Frau Spiker klopft an meine Zimmertür, Das Bad ist frei, und es kommt vor, daß ich Nein schreie, noch zwei Minuten für mich allein, dann will ich gelähmt antworten.

*

In meiner Kneipe, Linienstraße Ecke Chausseestraße, trinke ich vormittags einen Kaffee und nachmittags. Ich hocke mich an einen der Tische, die quer zur Theke stehen, winke der Kellnerin und sage, Schwarz.

An der Theke stehen Männer und trinken und rauchen. Von einem Tisch ganz hinten steht ein Mann auf. Er muß an der Theke vorbei. Ein Mann an der Theke dreht sich um, ruft dem Mann, der vorbei will, etwas zu und hält ihm ein volles Schnapsglas entgegen. Der andere Mann nimmt das Glas endlich und nippt. Er gibt das Glas zurück. Der Mann an der Theke hält das Glas in der Rechten, legt den linken Arm um die Schulter des anderen, zieht ihn zu sich heran und lehnt die Stirn an dessen Brust. Er hebt den Kopf wieder und sagt etwas. Der andere Mann sagt etwas, dreht sich um und geht.

Ich kenne die beiden nicht. Ich saß zu weit entfernt, ich habe nicht verstanden, was sie gesagt haben. Sie sahen ruhig aus. Sie können sogar befreundet gewesen sein.

Ich kenne die beiden. Ich saß nahe genug, um sie zu verstehen. Sie sahen nur so ruhig aus.

*

Am Abend nach meinem Besuch in Frau Timpes Tabakladen hatte ich an Janinas Freund geschrieben. Als ich zum Briefkasten ging, wußte ich nicht mehr, ob ich gesagt hatte, Janina sei fort, oder gefragt, wo Janina sei, aber anders hätte ich nicht schreiben können. Janinas Freund hat mir nicht geantwortet, nach über zwei Wochen mußte ich es annehmen. Uz sagte, Schreib doch an Phil, er möchte rüberkommen.

Phil war da, Hallo Leute, ich hab euch was mitgebracht. Er zieht ein Blatt aus der Tasche, ein Kalenderblatt, schlechter Druck einer Graphik, die Phil modern findet. Wir freuen uns über den schlechten Druck einer Graphik, die Phil modern findet, nicht. Na, macht nischt, sagt Phil.

Den Weinbrand hat Uz besorgt. Phil ist beschäftigt, er hat eine neue Wohnung gemietet, Unverschämt teuer, sag ich euch, aber wem sag ich das. Die Malerei mach ich selber, dieses Wochenende noch, dann fahr ich erst mal nach Holland, bißchen Luft holen. Also dann, three cheers. Tja, euer Weinbrand ist ganz schön, aber habt ihr keinen Whisky im Haus? Uz sagt, Wir haben keinen Whisky im Haus.

Phil, sage ich, eh du nach Holland Luft holen fährst, geh doch für uns zu Janinas Freund, hier ist die Adresse.

*

Quantz redet, und ich brauche bloß zuzuhören. Er kommt für eine halbe Stunde, Gut, daß du zu Hause bist, und erzählt mir etwas. Quantz ist gar nicht Quantz, Quantz spielt Klarinette.

Quantz sagt, Ich bin vielleicht sauer, kann ich dir sagen, und es ist schade, daß ich nicht weiß, was ich aufschreiben soll, was Quantz sagt, Wie ich gestern mit Napoleon in der Sonne liege, in Pankow im Bad, sagt doch Napoleon zu mir, Da kommt dein Chef. Was heißt hier Chef, sage ich, und Napoleon sagt, der kommt sogar her. Kommt der doch Tatsache ran und sagt, Also morgen um achte, in der Melodie, hat dir Solty schon Bescheid gesagt? Ich sage, Nee, und morgen um achte hab ich 'ne Mucke. Ich hätte ja glatt eine haben können, von wegen einen Tag vorher Bescheid sagen. Na gut, ich hab dann gesagt, Ich sag die Mucke ab, aber weißt du, woran das alles liegt? Der gibt uns seine Telefonnummer nicht mehr, ich weiß gar nicht, wo der jetzt wohnt, bei irgend 'ner Kleinen, aber Telefon hat sie, könnte doch immer mal einer von uns anrufen, wegen Termine und so, aber nein, ist nicht drin, weil Solty und olle Ekke mal nachts um viere angerufen haben, da hat er noch bei 'ner anderen gewohnt, der ist doch heimatlos, ubi penis, ibi patria, Solty und Ekke waren ganz schön bunt, und Solty hat gesagt, Weißt du was, Chefi, wir steigen bei dir aus, kannst dir ja vorstellen, was da los war. Seitdem ist nichts mehr mit Telefonnummer. Und dann die Sache mit dem Auto, ich sage schon ein Jahr, Du bist doch der Chef, kauf endlich 'n Fiat, laß 'ne Anhängerkupplung ranhauen, so 'n Anhänger kann ich besorgen, und dann können wir alles aufladen. Mensch, ich hab das allmählich dicke, ich fahr mir dauernd die Federn in 'n Arsch, mit den Verstärkern hinten drin, das ist doch sein Bier. Und weißt du, was kommt? Der kauft 'n Fiat, die Anhängerkupplung ist auch dran, aber Anhänger ist nicht. Auf 'n Rücksitz legt er seine Trompete, vorne setzt er sich seine Kleine rein, und dann ab. Die Anhängerkupplung ist für seinen Wohnwagen. Verstehst du, das sind alles so 'ne linken Dinger, ich glaube, wenn der Sommer gelaufen ist, dann ist bei mir Feierabend, Solty sagt das auch. Na ja, was gibt's noch, ach so, am Sonnabend haben wir in Treptow gespielt, und zwei Stunden vorher Probe, aber wer nicht kam, war natürlich Tante Barbarina, sage ich immer, und da hab ich gesagt, ich weiß nicht, wer da noch alles rumstand, sage ich, Die Leute kommen doch hauptamtlich ihretwegen, da könnte sie auch 'n bißchen mit üben. Na, und hinterher kommt doch Chefi zu mir und sagt, ich soll gesagt haben, Tante Barbarina ist unheimlich faul, und doof ist sie auch. Möchte mal wissen, wer da wieder die Quatschtante gemacht hat, das ist doch amtlich Scheiße. So, jetzt hau ich wieder ab, noch 'n bißchen üben heute.

Ich höre zu, und Quantz sagt, Das war schön, daß ich dich mal wieder gesprochen habe.

*

Es kommt schon vor, daß ich an dem Auto etwas repariere, irgendeinen kleinen Schaden, gerade, daß ich nicht in die Werkstatt muß an diesem Arbeitstag. Ich fahre bis zu meiner Kneipe, öffne die Kühlerhaube, die Hände wische ich notdürftig mit einem Lappen ab, der immer zwischen den Vordersitzen liegt, ich freue mich auf einen Kaffee danach, aber vorher sage ich zu meinem Kneipenwirt, Ich wasch mir erstmal die Hände bei dir. Der Wirt spült Gläser und sagt, Wovon hast du denn solche Hände, deine Arbeit ist doch gar nicht so dreckig. Und ich will meinen Kaffee und sage, Gebastelt. Was fährst du denn jetzt, 'n Mercedes?

Nein, sage ich, den können die doch gar nicht bezahlen. 'n Moskwitsch!

'n Moskwitsch? Dafür hätten sie dir auch 'n Mercedes hinstellen können, der kostet zweie weniger. Weißt du, wo du 'n Mercedes kriegst?

Nein, sage ich.

Das kann ich dir sagen. Bei Winter, kennst du Winter?

Ich sage, Nein.

Was? Du kennst Winter nicht? Der Wirt fragt den Mann, der neben der Theke steht, Kennst du Winter?

Und der Mann sagt, Klar.

Siehst du, sagt der Wirt zu mir, und du kennst Winter nicht! Ich sag's ja. Es ist immer dasselbe mit den Akademikern. Die kennen bloß, was sie gelesen haben, was anderes kennen die nicht.

Der Kneipenwirt spricht mit dem Mann an der Theke über die mangelhafte Ortskenntnis der jungen Leute, aber ich wasche mir die Hände, meinen Kaffee habe ich schon bestellt.

*

Frau Timpe wußte, wo der Bevollmächtigte zu treffen ist und wann, ich hatte es mir sogar notiert. Damals hätte er mir nicht viel mehr sagen können als Frau Timpe. Ich war später bei ihm. Als Uz mir von einer Frau erzählte, die nicht glaubte, daß ihrem Mann etwas passiert sein könnte, war genug Zeit vergangen. Aber dem Bevollmächtigten tat es leid, er konnte mir nicht helfen.

Ich füge das hier ein, immerhin lag es nahe, den Bevollmächtigten an Janina zu erinnern.

*

Uz hat mich wieder gefragt, ob ich mir nicht ein anderes Zimmer suchen will, die S-Bahn fährt nicht fünfzig Meter entfernt am Haus vorbei, direkt unter meinem Fenster, Du kannst keinen Lärm ertragen, sagst du. Und die Kinder von Frau Spiker, am Morgen, oder am Nachmittag, wenn du dich ausruhen willst.

Aber ich habe Frau Spiker, und Uz weiß das. Ich habe überlegt, wie ich es ausdrücke. Ich will das Zimmer hier behalten, trotz des S-Bahn-Lärms, daß die beiden Kinder laut sind, stört mich eigentlich gar nicht, weil sich Frau Spiker nicht um mich kümmert. Auch wenn sie mehr Zeit hätte, würde sie es nicht tun. Daß sie morgens an meine Tür klopft – ich habe sie darum gebeten. Die alte Wohnung von Familie Spiker ist freundlich zu mir; ich öffne die Wohnungstür und betrete einen langen Korridor, von dem, gleich rechts, nur meine Zimmertür abgeht. Wenigstens acht Meter ist dieser Teil des Korridors lang, er hat keine Fenster, und am Ende setzt er sich im rechten Winkel fort, bis zur Küche. An diesem anderen Teil des Korridors erst liegen die Zimmer von Familie Spiker, auch das Bad ist dort. Trotzdem höre ich, daß die Kinder von Spikers die Türen zuschlagen, und ich höre, wie die Kleine jeden Morgen ruft. Wenn wir uns in der Küche treffen, ich koche mir meinen Kaffee, die Kinder frühstücken am Küchentisch, fragen sie mich, und ich frage sie. Die Kleine hat mir gesagt, daß sie in die Schule kommt, in diesem Herbst, Das wird bestimmt besser als im Kindergarten, sagt sie. Und ehe mir was einfällt, sagt ihr Bruder, er ist zwölf, Das hab ich auch erst gedacht.

Ich höre zu.

*

Herr Dr. B. ist Auslandskorrespondent und muß zum Flughafen. Er reist für eine Wochenschrift, die ich manchmal kaufe, und befragt, wie es sich denn in verschiedenen Ländern lebe und schreibe für eine Wochenschrift, gibt er sich vertraulich, er ist der Überlegene, und spricht nur beiläufig von seinem Volvo, dort, von der Wohnung in der Vorstadt, von seinen Einkäufen, man gewöhnt sich daran, vieles schwindet da zu Kleinigkeiten, die man nicht missen möchte, gewiß, aber wozu viel darüber reden. Und schreiben? Mein Gott, wenn ich ehrlich sein soll, ich kann schreiben, was ich will, es muß eben bloß stimmen, und solange die Leute hier das Gefühl haben, daß wir der Mittelpunkt Europas sind.

*

Neben Familie Spiker wohnt ein alter Mann, er ist allein in der Wohnung, auf die Straße geht er nicht mehr. Frau Spiker kauft oft für ihn ein, manchmal kocht sie für ihn. Heute hat er Geburtstag. Er sitzt schon den ganzen Tag da und wartet auf etwas. Er wartet immer auf etwas. Heute wartet er auf ein Telegramm von seinem Sohn. Aber es kommt kein Telegramm.

*

Am späten Vormittag kommen nur wenige Fahrgäste. Die Wagen warten in langer Reihe. Da habe ich es nicht allzu gerne, wenn jemand nur um den nächsten Schornstein gefahren werden will, eine kurze Strecke, die sich nicht lohnt für mich, und dann stehe ich in der Reihe der wartenden Wagen wieder ganz hinten. Aber ich sage zu meinen Fahrgästen nicht, Das hätten Sie auch laufen können. Ich sage gar nichts, meine Fahrgäste halten mich vielleicht für freundlich. Ich scheue einfach die ärgerlichen Antworten und, daß ich ärgerlich antworten müßte.

Nur selten zeige ich mich wirklich unfreundlich. Nicht, weil der Mann, der an der Opernbar einsteigt, um ein Uhr nachts, betrunken ist. Aber ich merke, die Fahrt wird ihm zuviel, er muß sich wohl übergeben, und ich fahre an den Straßenrand und sage, Kotzen Sie mir nicht das Auto voll, steigen Sie aus. Doch es geht ihm schon viel besser. Ich fahre also weiter, aber dann ist es doch wieder da, und der Mann nimmt seine Mütze vom Kopf, eine Ballonmütze aus Wildleder, hält sie vor den Mund und erbricht sich. Er kurbelt die Scheibe herunter und wirft seine Mütze hinaus, ich fahre weiter. Mir ist übel, aber er hat sich an das gehalten, was ich ihm gesagt habe.

*

Als ich hineinging, war es schon dunkel im Saal, ich lehnte mich an die Säule rechts hinter der letzten Reihe, irgendwo würde ein Platz freibleiben, ich wollte noch warten. Der Mann auf dem Platz am Gang hatte sich zweimal nach mir umgedreht, er sagte, Hier der Platz neben mir ist frei. Ich sagte, Ich will noch warten. Bald sagte er wieder, Der Platz ist frei, jetzt setzte ich mich. Aber ich sah nicht sehr gut. Der Mann sagte, Setzen Sie sich auf meinen Platz. Dann zog ich meine Lederjacke aus, der Mann half mir. Als zwei Mädchen, die sich verspätet hatten, auf die Reihe zukamen, in der ich saß, stand ich auf und ging zurück zur Säule. Ich glaubte, der Mann, neben den ich mich gesetzt hatte, habe auch keine Karte für den Platz am Gang, aber er wollte mir nur sagen, Setzen Sie sich doch wieder, die beiden Mädchen sitzen woanders. Ich setzte mich wieder. Später legte er seine Hand auf meinen Arm, ich zog meinen Arm fort, er legte seine Hand auf meine Jacke, die lag auf meinen Knien, ich rückte zur Seite, er ließ seine Hand auf meinem Sitz, neben mir. Dann später legte er wieder seine Hand auf meinen Arm, ich sagte, Warum, ich sagte es lauter, er nahm seine Hand weg. Es war eine Komödie, die alle sehen wollten, ich hatte keinen Spaß an dem Film. Der Film war noch nicht zu Ende, der Mann neben mir drehte sein Gesicht her, er sagte, Einfach so. Ich wußte keine Antwort, er stand auf und ging aus dem Kinosaal.

*

Die Kinder von Spikers besprechen den Tag, abends. Für die Kleine, die im Kindergarten war, ist der Anfang des Berichtes wichtiger, daß ein Junge das große Kranauto haben wollte, mit dem ein Mädchen gerade spielte, und weil er es nicht bekommt, beißt er das Mädchen in die Hand, aber wie, die schreit, daß alle Kinder zusammenlaufen, Wie die schreit! Die Kindergärtnerin fragt, und die es gesehen haben, sagen, Ralf war's. Ralf muß zur Tante, sie nimmt ein Wischtuch und bindet ihm den Mund zu, der Knoten hinten, das Mädchen schreit noch immer, vielleicht lauter, die Kinder stehen im Kreis. Die Tante sagt, So, jetzt lachen wir alle über den Beißer. Aber wir konnten gar nicht lachen, sagt die Kleine.

*

Uz ist da und sagt, Gestern waren Louise und Scriba bei mir. Es hat ihr gefallen. Es wurde sehr spät, Louise sagte, Ich bleib heute hier. Scriba war sehr still. Er sagte, Ich geh dann. Nach einer halben Stunde klingelte es. Es war Scriba. Er sagte, Ich kann das nicht. Louise sagte, Warum bist du zurückgekommen. Ich bleibe, auch wenn du zurückgekommen bist. Laß mich sein, wie ich will. Ich habe Scriba ein Taxi gerufen. Dann bin ich selbst fortgegangen, zu Louise hab ich gesagt, Leg dich schlafen. Als ich nach Hause kam, lag ein Zettel auf dem Tisch: Vielleicht kommst du zurück. Louise schlief. Ich habe mich hingelegt. Am Morgen hatten wir ein langes Frühstück. Louise sagte, Es ist schön hier.

Der Vertrauensmann sagt, Der Generalsekretär hat folgendes gesagt. Ich will der Diskussion nicht vorgreifen. Kollege A fragt, Wie lange, um fünf muß ich fort. Der Vertrauensmann sagt, Zum Beispiel China. Kollege B sagt, Ist China noch ein sozialistisches Land, meiner Meinung nach. Kollege C sagt, Das genügt nicht. Kollege D sagt, Kriterien. Kollegin E sagt, Oder Albanien. Kollege F sagt, Eins steht fest. Der Vertrauensmann sagt, Das Wort ›links‹, manchmal steht es in Anführungsstrichen, manchmal nicht. Kollege G sagt, Links, rechts, links von links, rechts von rechts, links von rechts und rechts von links. Der Vertrauensmann sagt, Einen Ausflug auf alle Fälle, Theater ist zwar auch schön. Kollege Z sagt, Die deutsch-sowjetische Freundschaft, wer Mitglied war, wieder sein möchte oder noch nicht ist. Der Vertrauensmann sagt, Die neue Prämien-Ordnung. Wir heben von A bis Z die Hände, der Vertrauensmann sagt, Wer einverstanden ist. Der Vertrauensmann sagt, Wenn ich sehe, wie niemand Fragen stellt, und der Kollege A sagt, Es ist fünf,

sagt Uz, aber wir haben selten Versammlung.

*

Die linke Hand umschließt die Türklinke, ungefähr zwanzig Zentimeter über der umschlossenen Klinke anklopfen, anklopfen, anklopfen, den Kopf geneigt, das rechte Ohr der Tür zugewandt.

Der Beamte wartet, die erste dienstliche Antwort am frühen Morgen, Herein!

Der Beamte bläst dem eintretenden Besucher ein wenig Asche entgegen, die neben dem Aschenbecher auf die Schreibtischplatte gefallen ist. Ich warte, der Beamte blättert in einer Mappe, er wird gleich von seinen Papieren aufsehen und fragen, was Beamte in diesem Moment fragen, der Beamte blättert in seinen Papieren, sieht zu mir auf, er trägt eine randlose Brille mit starken Gläsern und sieht mich einfach an. Ich stehe vor einem Beamten der Universitätsverwaltung, ich erinnere mich, hier stellen nicht nur die Beamten die Fragen, der Beamte sieht mich noch immer nicht an, vollbringt eine Geste, die mich zum Sitzen einlädt, und ehe ich mich setze, vergewissere ich mich, Sie sind zuständig, nicht wahr, natürlich ergänze ich die Frage noch, die ich hier stelle, und als er nickt, setze ich mich und stecke mir eine Zigarette an.

Nach Janina frage ich also, und warum habe ich eigentlich das Gefühl, der Beamte müßte sofort antworten, als sei er nur für Janina zuständig und wisse sogleich alles, was ich wissen möchte. Aber er ist ganz ruhig, sachlich notiert er den Namen und sucht in einem großen Aktenschrank nach der richtigen Mappe. Seine Zigarette liegt auf dem Rand des Aschenbechers, ehe er die Mappe aufschlägt, nimmt er noch einen tiefen Zug, legt die Zigarette wieder zurück und liest. Ich sehe, er ist noch immer ganz ruhig, und dann sieht er wieder auf und sagt mir, was ich ja weiß, er sagt es wie jedermann, der irgendwem eine Auskunft gibt, eine Telefonnummer oder die Uhrzeit, Janina sei Assistentin am Kunsthistorischen Institut, und was noch?, ob ich vielleicht wissen möchte, wo das Institut sei, er weiß also nichts, wie ich. Jetzt füge ich mich schon in die Rolle, in der er mich sieht, wenn sie eine Bekannte sucht, warum geht sie dann nicht gleich ins Institut, oder drängt er mich in diese Rolle? Ich drücke meine Zigarette aus, sie ist erst halb aufgeraucht, und bedanke mich, und als ich das Zimmer verlasse, legt der Beamte die Mappe schon wieder in den Schrank zurück, erst auf dem Vorplatz der Universität fällt mir ein, daß ich gar nicht weiß, wo das Kunsthistorische Institut ist.

*

Sie sagte, Ich bin völlig nutzlos. Ich kann nicht unterrichten und soll Lehrerin werden. Ich will Journalistin werden und kann nicht schreiben. Alles, was ich schreibe, ist flach und langweilig. Für die anderen bin ich eine Träumerin, weil ich nur lese, lese, und nichts kommt dabei heraus. Außer, daß ich nachdenklich bin und schweige. Einen Freund hab ich nicht. Ich kann auch nicht kochen oder stricken oder fürsorglich sein. Und was kommt? Ich werde Lehrerin, gehe aufs Land, heirate irgendeinen Mann und bin am Ende fett und stumpf. Ich bin ganz umsonst da. Ich kann nichts, meine Nachdenklichkeit braucht niemand,

wie sie heißt, weiß ich nicht, sagt Uz.

*

Oft sehe ich mir die Leute auch gar nicht an, ich warte an der Rufsäule, irgend jemand öffnet die rechte Hintertür und sagt, Zu Catt, und sagt meine Adresse. Diesmal drehe ich mich um, es ist Dobruska, er ist in Berlin, weil er die Fotoausstellung sehen will, die Jury hat ein Bild von ihm angenommen, eine alte Frau mit einem Gesicht wie eine Landschaft, die es hier nicht gibt, er wundert sich, aber er freut sich. Ich bringe Dobruska zu Uz, sie haben jetzt Zeit.

Am Abend treffen wir uns. Dobruska will Bitter Lemon, er hat Glück, Frau Spiker hilft mir aus, ich habe Bier gekauft. Dobruska ist zweiundvierzig, seine Hände zittern, wenn er raucht oder das Glas hält. Er arbeitet jetzt nicht mehr als Schweißer, er ist in seinem alten Betrieb geblieben, in der gleichen Halle sogar, wo die Rohrnähte geschweißt werden, es ist ein Kaltwalzwerk, Dobruska richtet Rohre. Immer zwei richten ein Rohr in vier Minuten, Du hältst einen Dorn in die Rohröffnung, und mit dem Hammer schlägst du die Naht am Rohrende glatt.

Uz sagt, Und der Krach, Dobruska sagt, Von früh um sechs bis nachmittag halb vier, 'ne halbe Stunde Mittag, da legst du den Kopf auf die Arme und schläfst. Die Gase in der Halle machen mich mehr fertig als der Krach. Ich nehm mir immer 'n Thermosbehälter voll Eis mit, wenn ich Bauchschmerzen kriege, leg ich mir 'n Stück Eis auf, 'n Handtuch rum und weiter. Ein Rohr in vier Minuten, da kriegst du bloß den Grundlohn, machst du in vier Minuten zwei, kriegst du das Doppelte. Und die jungen Kerle, für zehn Mark reißen sie sich die Därme aus 'm Leib. Wenn du so einen als Kumpel beim Richten hast, der macht 'n Rohr in zwei Minuten.

Dobruska weiß nicht, Soll ich weitermachen für das Geld, und in fünf Jahren bin ich fertig, oder mach ich was Leichteres, dann komm ich nicht mehr aus, ich bin fünfundzwanzig Jahre im Betrieb, die Leute, die mal bei mir gelernt haben, kriegen dann mehr als ich.

Sehr viel reden wir nicht. Dobruska will jetzt Musik hören, Alles, bloß keinen Beat. Ja, Vivaldi, laut, wenn es geht, es muß laut sein, aber Vivaldi.

Wir sehen uns die Fotos an, die Dobruska mitgebracht hat, fast alles Porträtaufnahmen, Leute aus dem Betrieb.

*

Meine Angst, morgens, ich halte mich fest am Praktischen, das Zimmer aufräumen, Frühstück in der Küche, Tasse und Teller wasche ich ab, aber es hilft mir nicht, die Uhr, ich verschließe sie im

Schrank, das Zimmer ist aufgeräumt, daß ich mich frage, warum ich noch darin wohne, ich verspäte mich, die Eile, zu der ich mich jetzt zwinge, ist zweideutig, für eine kurze Weile glaube ich, daß es sinnvoll ist, an Menschen vorüberzugehen, die es eilig haben wie ich, doch gleich bin ich müde, es fällt mir schwer weiterzulaufen, bis ich merke, daß mir die Straßenbahn weggefahren ist, und erst, wenn ich für irgend jemanden eine Straße aufsuche, die irgend jemand genannt hat, hört meine Angst langsam auf, ich beruhige mich bei dem Wechsel der Plätze und Straßen und Häuser.

*

Aber ich habe mich nicht mehr nach dem Kunsthistorischen Institut erkundigt. Nach dem ehemaligen, hätte ich eigentlich immer sagen müssen. Janina verstand sich nur mit Doktor Murray, die Namen der anderen, von denen sie manchmal sprach, habe ich sogar vergessen. Es hätte keinen Sinn gehabt, sich an irgend jemanden zu wenden.

Ich weiß nur, daß er in Pankow wohnt, Wassily Murray, sage ich zu dem Fräulein von der Auskunft, aber das genügt nicht, die Straße muß genannt werden, und ich bitte also sehr freundlich.

Na, Moment mal, Murray, Murray, da gibt es nur Peter, merken Sie sich mal die Straße, und die Telefonnummer, haben Sie?

Also Peter, nicht Wassily, aber auch Pankow, ich versuche es. Ich sage, Spreche ich mit Doktor Murray?, diesmal spreche ich den Namen korrekt aus, und als die Stimme Ja gesagt hat, eine ziemlich helle Stimme, ich hatte mir zu diesem Namen eine dunklere Stimme vorgestellt, frage ich, Wassily Murray?

Auch das, sagt die Stimme und lacht.

Ich begnüge mich vorläufig damit, Wassily, Peter, auf alle Fälle ist es Murray, wie ich glaube, und nachdem ich gefragt habe, ob wir uns treffen können, Janinas wegen, weiß ich es genau, er sagt, Janina, aber ja, natürlich, wann, wo?

Wir treffen uns im Kleinen Café Unter den Linden, Doktor Murray hat sich beschrieben als klein, hager, vollkommen weißhaarig, Pfeifenraucher. Er ist vor mir da und sitzt am letzten Tisch der Mittelreihe, neben dem Büffet, es sind die einzigen Tische für zwei Personen.

Janina hat mir nie von Ihnen erzählt, sagt Doktor Murray, aber von wem hat sie mir schon erzählt. Wir redeten nur über Malerei, vielleicht über Musik. Ich kannte Janina zwei Jahre, ehe ich verstand, daß sie einen Freund hat. Er wohnt in Westberlin, sagte sie am Tage nach einer zufälligen Begegnung im Theater. Sie wollte immer sachlich sein, ich glaube, sie wußte gar nicht, daß mir das gefiel.

Ich winke der Kellnerin, aber sie läßt uns warten.

Janina glaubte an eine psychische Realität, die nur durch Symbole ausgedrückt werden könne. Es schien ihr ganz unwichtig, ob Form und Farbe dem Bild natürlicher Gegenstände folgten. Sie sagte mir, die Form selbst sei der Ausdruck der inneren Bedeutung.

Doktor Murray sagt nicht, was ich von Janina weiß. Daß sie ihn gebeten hatte, ihre Arbeit zu betreuen.

Für Janina mußte die Malerei Gefühle ausdrücken, die von allem Persönlichen und Ungenauen befreit sind. Große Werke dieser Art verglich sie mit symphonischen Kompositionen, bei denen die Melodie eine ganz untergeordnete Rolle spielt.

Ich sehe, Doktor Murray weiß mehr von Janina und weniger. Wo Janina ist, wissen wir beide nicht.

Wir verabschieden uns an der Friedrichstraße. Doktor Murray

hat den Mantelkragen hochgeschlagen, die Hände behält er in den Manteltaschen. Ist Ihnen aufgefallen, sagt Doktor Murray, daß Janina nie jemandem die Hand gab?

*

Herr Prof. H., den ich gelegentlich von seinem schönen Haus zur Universität fahre, erzählt mir von einem jungen Westberliner, einem Enthusiasten für die englische Sprache, dessen Eifer so viel größer als seine Kenntnis ist, daß er kaum einen deutschen Satz sagt, ohne O boy oder O. K. oder Well oder No unterzubringen, Etwa so, wissen Sie, sagt Prof. H., ich frage ihn, Was kostet bei euch ein gebrauchter Wagen, und er, O boy, höchstens, well, zweihundert Dollar, Dollar sagt er, und ich, Ziemlich billig, wie?, darauf er, O. K., aber der macht auch nicht mehr lange. Ich frage, Schon ramponiert? und er, No, no, nur – das meint, ungefähr noch zwei Jahre.

*

Ich sage, Ist ja gut, jetzt steigen Sie aus und gehen nach Hause. Nein, es ist nicht gut, sagt der Junge mit der Gitarre. Wenn ich mir die Geige um den Hals hänge, kann ich jeden Abend 'ne Mieze an Land ziehen, aber die stinken mich an. Ich will was anderes. Da war so 'ne Party, und ich hab zu einer gesagt, Kommst du mit zu mir?, die war vielleicht dreißig, verheiratet, die hat mir gefallen. Aber die sagt gleich, Komm doch lieber mit zu mir. Ihr Alter war auf Dienstreise. Auf der Party ganz schüchtern, und wie ich drauf bin, sagt die, Du fickst gut. Da war's bei mir aus. Ich such eine, die anders ist, aber wenn ich mal eine sehe, denk ich, die sagt nein, und dann laß ich's lieber und nehm mir wieder so 'ne blöde Mieze, da geh ich wenigstens sicher.

Meine Mutter hat 'n Friseurladen, das ist meine Tarnung. Ich mach Musik, ich kann gar keinen Friseur. Viel Sachen brauch ich nicht. Was soll denn das, 'n großer Fernseher und alles, nee. 'n Schrank, 'n Tisch, zwei Stühle, 'ne Liege, wenn das einer nicht paßt, schmeiß ich sie raus. Ich höre zu, und der Junge mit der Gitarre sagt, Also dann geh ich jetzt.

*

Mein Versuch, Herrn Wagner in Zimmer einhundertzwölf aufzufinden, Uz ist nicht höhnisch, als ich ihm das erzähle, Uz ist nie höhnisch, er bedauert mich einfach, aber nicht überlegen, obwohl lächelnd, es ist ein ruhiges Bedauern, und es gilt auch gar nicht meiner Absicht, Herrn Wagner zu suchen, diese Absicht billigt er, er bedauert mich, weil ich erfolglos bleibe.

Zimmer einhundertzwölf war abgeschlossen, Eingang: Zimmer einhundertelf, das hatte mir Janina nicht gesagt, es schien ihr nicht wichtig gewesen zu sein, und in Zimmer einhundertelf sitzt ein Beamter der Universität, die Tür zum Nebenzimmer steht offen, ich sehe einen Schreibtisch, den gleichen, an dem auch der Beamte in Zimmer einhundertelf sitzt, Wagner? Wagner? Gibt es hier nicht, nein, nie gehört, in Zimmer einhundertzwölf? Da müssen Sie sich irren, nebenan sitzt Kollege Soundso, der ist heute nicht da, tut mir leid, wir haben im ganzen Direktorat keinen Kollegen Wagner, nein, auch nicht vorübergehend, da kann ich Ihnen nicht helfen.

Uz macht mir Mut.

*

Ich sage, Warum erzählst du mir so etwas.

Uz weiß natürlich nicht, ob es stimmt, das gibt er zu, aber er bleibt dabei, daß er es gehört hat. Gehört! Was ist das schon.

Hast du gefragt, wer dieser Mann war?

Gefragt, ja.

Uz weiß genau, daß ich das nicht mag, wenn irgendwelche Geschichten erzählt werden.

Ich sage nur noch, Hast du es nachgeprüft?

Obwohl ich weiß, was er antworten wird.

Ja, sagt Uz.

Wie lange war der Mann fort?

Ich weiß nicht, drei Wochen, vier vielleicht, jedenfalls lange genug, um zu glauben, daß er nicht zurückkommt.

Wieso?

Weil keine Nachricht kam, überhaupt keine.

Wußte man, was seine Frau glaubte?

Daß mit ihm etwas passiert sein könnte, glaubte sie nicht. Dann hätte sie irgendeine Nachricht bekommen, von der Polizei meinetwegen. Nach vier Wochen!

Ja?

Sie wußte vielleicht nicht mehr, ob sie ihn eigentlich kannte. Zuletzt hat sie sich gefragt, ob er das Land verlassen haben könnte. Er kam zurück, als sie glaubte, ihn nicht genau gekannt zu haben. Sie wollte seine Entlassungspapiere sehen. Wir gehen hin und verlangen deine Entlassungspapiere, sagte sie. Ihre Entlassungspapiere? Was ist eigentlich mit Ihnen los, Sie waren nie hier. Aber ich bin heute morgen entlassen worden, sagte er. So? Wollen Sie die Ausgänge von heute morgen sehen? Sind Sie dabei? Nein? Na sehen Sie!

*

Herr Prof. H. erzählt mir wieder von einem jungen Westberliner, der kaum einen deutschen Satz ohne seine Lieblingsworte, O boy oder O. K. oder Well oder No sagt, Etwa so, wissen Sie, sagt Prof. H., ich frage ihn, Was kostet bei euch ein gebrauchter Wagen, und er, O boy, höchstens, well, zweihundert Dollar, Dollar sagt er, und ich, Ziemlich billig, wie?, darauf er, O. K., aber der macht es auch nicht mehr lange. Ich frage, Schon ramponiert?, und er, No, no, nur – das meint, ungefähr noch zwei Jahre.

*

Quantz hatte Besuch, das muß er mir erzählen. Ich schlief schon, gestern, sagt Quantz, da klingelt das Telefon, Solty telefoniert gerne nachts, er sagt, Ich hab zwei Huren hier, wir kommen jetzt rum. Solty kommt, er schiebt die Mädchen vor sich her und sagt, So, Kinder, dann wollen wir mal. Solty zieht sich aus. Die Schlanke setzt sich in meinen Sessel und raucht. Ich mach das Radio an und such meine Zigaretten, die Schachtel ist leer, aber 'ne Flasche Bier hab ich noch, die Schlanke sagt, Gib mal 'n Schluck. Sie wirft mir ihre Zigaretten her, das Bier trinkt sie aus. Die Dicke hat sich ausgezogen und sitzt mit Solty auf meinem Bett. Mir wird's ein bißchen viel, ich steh auf, Moment mal, ich nehm die Auflage, leg sie in den Korridor, Laken drüber, So, hier könnt ihr weitermachen. Die Schlanke sitzt und raucht und sagt, Ich hab 'n Freund, ich will gar nicht. Wir haben geredet, ich war hundemüde. 'ne halbe Stunde später kommt Solty rein, aufgeregt, Menschenskinder, gebt mal 'n Handtuch her oder was, die blutet wie verrückt. Die Dicke hatte 'ne Fehlgeburt. Wir haben ihr was gegeben, aber, also, unvorstellbar, sag ich dir. Wo sollten wir denn um die Zeit 'n Arzt herkriegen. Früh um viere hab ich sie dann endlich rausgeschmissen, aber Solty blieb. Mensch, Quantz, du mußt unbedingt mit zu mir kommen, was soll ich machen, meine Frau glaubt mir ja kein Wort.

Und?

Na was schon, sagt Quantz, Für Soltys Frau mach ich alles.

*

Ich hätte natürlich einen sauberen Korridor in einer Universitätsklinik entlanggehen können, und ich bin ihn entlanggegangen, die Ärzte und Schwestern, denen ich begegnete, haben mich nicht beachtet, an Zimmertüren habe ich nicht geklopft, auch niemanden befragt, wahrscheinlich kennt mich Wagner, aber ich kenne ihn nicht, ich war im Operncafé, der dritte Tisch rechts war besetzt, ein junger Mann trank Eiskaffee, das war nicht Wagner, am nächsten Tag um diese Zeit war der Tisch leer, ich habe mich gesetzt, vielleicht stört es Wagner, daß ich ihm folge, ganz sinnlos schien es mir, an einem Waldstück zweihundertsiebenundvierzig vorbeizugehen, die Straße immer geradeaus, ungewohnte Waldluft unter rahnsdörflichem Himmel, die mittlere Wohnungstür im vierten Stock eines fremden Hauses in der Schönhauser Allee fand ich, oder fand ich sie nicht? Die Klingel ging ja, aber es öffnete niemand, jedenfalls war es abends, auch am nächsten Tag, als eine ältere Frau öffnete, Nein, bestimmt nicht, hoffentlich hat sie mich, wenn sie log, richtig beschrieben.

*

Der Anruf im Kunsthistorischen Institut, Kommen Sie bitte in Zimmer einhundertzwölf des Direktorats, ja, Sie, eine Frauenstimme, in Zimmer einhundertzwölf gibt es keine Frauenstimme, es ist doch alles besprochen, Janinas Arbeit betreut Doktor Murray.

Das Zimmer des Direktorats ist nicht immer ein Zimmer des Direktorats, Janina ist nicht in irgendeinem Direktorat, es ist zuständig für sie, sie kennt den Beamten, der in diesem Zimmer sitzt, den Beamten, der in diesem Zimmer sitzt, kennt sie nicht.

Seinem Rat, sich nicht allzusehr zu wundern, folgt sie. Der Beamte, es ist sicher falsch, Beamter zu sagen, auch die Angestellten der Universität werden nicht Beamte genannt, selbst wenn die Universität eine Behörde wäre. Das also die Vorrede, halten wir uns nicht mit der Vorrede auf, sagt der Mann.

Janina ist beunruhigt, nur das Nötigste sagen, kurze Sätze, Ja, Ich weiß nicht, Nein, sie will eher zuhören. Janina ist neugierig, sie dachte an ein Spiel. Hätte er nicht über ihre Arbeit Bescheid gewußt, wäre sie enttäuscht gewesen. Und Bescheid über Doktor Murray. Aber sie hat Doktor Murray nichts erzählt.

Der Mann sagt, Es handelt sich, kurz gesagt, um Ihren Freund. Wundert Sie das?

Janina wäre irgendwie auf solch ein Gespräch vorbereitet gewesen, irgendwie, wenn über das Institut gesprochen worden wäre. Daß Janinas Freund Bücher mitbringt, die der Zoll behält, liegt nicht an den Büchern. Das ist es also nicht. Gespräche bei Janina mit, ja, mit wem? Mit niemandem doch. Besuche bei, ja, bei wem? Janina ist nicht vorbereitet, und der Mann fragt sie auch gar nichts, er sagt ihr etwas.

Nämlich, wo ihr Freund arbeitet, an welcher Universität, und in welchem Institut, und auf welchem Gebiet. Das stimmt doch, nicht wahr?

Der Mann sagt noch mehr, nie fragt er. Daß sich Janina am Sonnabend mit ihrem Freund trifft, sagt er, und etwas bekundet. Nämlich, unser Interesse, sagt er.

Wieder dieselbe Frauenstimme, sie spricht von Janinas eigenem Interesse an dieser Verabredung, wieso Verabredung, die Antworten der Stimme sind routiniert, Rückfragen werden durch den Ton abgeschnitten.

Im Operncafé, am dritten Tisch rechts, wie von der Frauenstimme verabredet, erwartet sie der Mann aus Zimmer einhundertzwölf, er ist freundlicher als sie, obwohl er doch gerade seine Pflicht tut, und als sie ihn fragt, wie er eigentlich heißt, eigentlich, sagt sie, entschuldigt er sich sogar, hat er sich nicht vorgestellt? Wagner heiße er, schlicht und einfach Wagner.

Als die Kellnerin kommt, will Wagner Kaffee für sie bestellen, Janina lehnt ab, und nachdem er für sich bestellt hat, bestellt sie. Wagner lächelt. Er sagt, Hoffentlich verstehen Sie auch alles andere, dann zieht er an seiner Zigarette, im Direktorat hatte er nicht geraucht. Sie haben sich am Sonnabend mit Ihrem Freund getroffen, wenn ich nicht irre. In diesem Stil, Es würde uns freuen, und, Sicher haben Sie sich noch mal alles durch den Kopf gehen lassen, und, Sie können sicher sein, daß es, auch Wagner spricht von Janinas Interesse.

Janina sieht zu, wie Wagner redet.

Was sich Wagner vorstellen könnte, das ist immer von Vorteil für Janina, und für ihren Freund. Wenn Wagner sich aber etwas ausmalt, dann nur, weil Janina immer noch zusieht und ihr Freund überhaupt nichts von Wagner weiß. Und Wagner weiß Bescheid. Mit ihm könnte Wagner ebenso angeregt über ihre Arbeit an der Universität wie über die Besuchsmöglichkeiten ihres Freundes aus Westberlin sprechen.

Janinas längster Satz heute war die Frage nach Wagners Namen.

Bei Wagner klingt es kaum lächerlich, wenn er trotzdem sehr betont Wiedersehen! sagt.

Sie fahren ins Grüne, sagt die Frauenstimme, nehmen Sie die S-Bahn, die vierzehn Uhr sechsunddreißig von Ostkreuz nach Erkner fährt, und steigen Sie in Rahnsdorf aus. Wenn Sie den S-Bahnhof verlassen, wenden Sie sich nach links und gehen die Straße geradeaus nach Norden, die Rahnsdorfer Straße. Rechts liegt eine Försterei.

Janina fragt, Ja, und?

Sie gehen immer die Straße entlang.

Aber wohin.

Gehen Sie immer diese Straße entlang.

Jetzt sagen Sie nur noch, daß ich mich nicht umdrehen darf und in der linken Hand einen Veilchenstrauß tragen soll?

Diese Straße gehen Sie immer geradeaus.

Wagner kam aus einem Waldweg links von der Straße, Janina hat später auf dem Stadtplan nachgesehen, es muß der Weg gewesen sein, der aus dem Waldstück zweihundertsiebenundvierzig auf die Hauptstraße führt. Aber Wagner kam auf die Straße, als Janina schon vorüber war. Er ging in einem Abstand von ungefähr fünfzehn Metern hinter ihr her, ging schneller und erreichte sie, als er den Satz, Wenn Sie auf einer schnurgeraden Straße geradeaus sehen, wird die Straße immer enger, etwa zur Hälfte ausgesprochen hatte.

Da Wagners Heiterkeit von ganz eigener Art ist, blieb er auch ernst, als er Janina antwortete, er finde dies alles durchaus nicht lächerlich.

Auf dem Spaziergang sprachen sie über Krieg und Frieden, über Kapitalismus oder Sozialismus, über Janinas Arbeit und über Janina. Am Bahnhof Rahnsdorf fuhren sie mit verschiedenen Zügen in die Stadt zurück, Janina fuhr zuerst, und Wagner sagte, Also seien Sie doch vernünftig.

Wagner, im Direktorat, dort noch am ehesten, oder im Café, zur Not, oder im Grünen kaum, oder auch in der Schönhauser Allee, könnte Notizen machen, oder Tonbandaufnahmen, diese unbemerkt, die bekannten Techniken, aber Wagner notiert nichts, eine Tonbandaufnahme hat er vielleicht vorbereiten lassen, so daß er doch unbeschäftigt hinter diesem Schreibtisch sitzen kann, er denkt nach, das Licht der Fenster im Rücken, gar nicht ungeduldig, Wagner hat Zeit, sagt er manchmal, seine dringliche Geduld, er blättert jetzt in der NBI, die mag er, dieses scheinbar beiläufige Interesse an Janina, Wagner nimmt jetzt doch den Kugelfüller, eins waagerecht, fünf Buchstaben, der erste ein A, die nächsten Worte ergeben sich leicht aus dem ersten, Wagner zündet sich eine Zigarette an, er bekommt seine Antwort, Wagner kann warten, in diesem weißgestrichenen Zimmer an dem sauberen Korridor in der Universitätsklinik ohne Sprechstunde um diese Zeit am Montag, bis er weiß, daß Janina nicht kommt.

Man könnte eines Tages einen fremden Hausflur betreten, in der Schönhauser Allee vielleicht, da es abends ist, jedenfalls könnte es abends sein, sucht man nach dem phosphoreszierenden Lichtpunkt, unter dem wirklich trübe einfallenden Hauslicht liest man beiläufig die Namen der Mieter von den Briefkästen ab, in einem der Brief kästen steckt immer noch die Zeitung, ehe das Licht ausgeht, macht man sich auf den Weg, die Treppe im Vorderhaus, kurz vor dem ersten Stock verlöscht das Licht, wo ist, jetzt brennt es vielleicht lange genug, Wohnungstüren, je drei also, Namensschilder, Klingeln, im zweiten Stock könnte man einem Hausbewohner begegnen, der die Treppe hinuntergeht, wahrscheinlich einem älteren Mann, eine Treppe höher stellt sich ein Begriff von Gerüchen des Treppenhauses her, im dritten Stock hätte das Licht wieder auszugehen, jetzt weiß man schon, daß das dort eine Klingel ist, hinter den Wohnungstüren hört man die üblichen Geräusche hinter Wohnungstüren, die Türen sind sämtlich verschlossen, vier Stockwerke hat das Haus bloß, man könnte also die Treppe wieder hinunter gehen, wie ein älterer Hausbewohner, eine Frau diesmal, die mittlere Wohnungstür im vierten Stock ist nur angelehnt, im Korridor brennt Licht, das im Treppenhaus einen schmalen Streifen Helligkeit hinterläßt, wenn das Hauslicht, wie gerade jetzt, wieder ausgeht, man drückt die Tür mit dem rechten Fuß auf, die Klingel geht nicht, die Garderobe im Korridor, eine verchromte Garderobe, ist leer, von vier Türen, die Janina sieht, steht eine halb offen, sie sieht ein Stück Zimmerwand, die Wohnungstür, die offen war, läßt sie offen, jedenfalls Janina läßt sie offen, ziemlich langsam geht sie bis zu dem Zimmer, dessen Stück Zimmerwand sie nur sieht, weil Licht im Zimmer brennt, sie tritt ein, und Wagner sagt, Na?, während Janina sich halb nach rechts wendet, wo Wagner in einem, auf den ersten Blick bequemen, Sessel sitzt, aber gleich aufsteht und mit einer Geste, die man ihm wahrscheinlich als einladend beschrieben hat, auf einen zweiten Sessel gleicher Art weist, rechts von ihm, hinter einem niedrigen, aber nicht kleinen rechteckigen Tisch, um den Janina herumgehen muß, so daß sie sieht, was Wagner aufbietet an Weinbrand, Weißwein, Zigaretten, in Reichweite Pralinen, die Schachtel ist geöffnet, Wagner braucht nur Bitte! zu sagen, kann den Weinbrand nehmen und eingießen, allerdings sein Glas ist noch voll, Wagner ist fast fröhlich, er setzt sich wieder, versucht jetzt, seine Hand auf Janinas linken Arm zu legen, und sagt, Fräulein Janina, nun wollen wir erst mal vernünftig miteinander reden, das hat doch alles keinen Zweck, und dabei wäre es ein Leichtes für Sie, warum wollen Sie sich denn alles vermasseln, kommen Sie, trinken Sie erst mal einen, na, nehmen Sie doch von diesen Zigaretten, bitte, lassen Sie doch mal alles andere beiseite, das ist 'ne rein praktische Frage, denken Sie doch mal an sich, Ihr Freund und Sie, dann werden Sie sehen, ich meine es gut mit Ihnen, auch wenn das erst mal komisch klingt, und nach 'ner Weile ist alles halb so schlimm, Sie sind doch nicht gegen uns, was soll's also, Sie wären ja nicht die Einzige, Wagner rückt an dieser Stelle mit seinem Sessel noch etwas näher und legt zunächst seinen rechten Arm auf die einigermaßen breite Rückenlehne von Janinas Sessel, über eines sind Sie sich wohl hoffentlich im klaren, ewig geht das nicht so weiter, das haben Sie in der Hand, und Sie müssen nicht glauben, daß Sie klüger sind, das haben andere auch schon geglaubt, Sie treffen am kommenden Wochenende wieder Ihren Freund, wenn ich wieder nicht irre, und sagen mir nächsten Montag Bescheid, hier könnte Wagner seinen rechten Arm von der Rückenlehne des Sessels nehmen und um Janinas Schulter legen, um sie freundschaftlich zu ermuntern, er könnte außerdem mit der Linken die Weinbrandflasche vom Tisch nehmen und Janinas Glas füllen, wenn sie nicht schon aufgestanden wäre, die Zimmertür hatte sie geschlossen, deshalb muß sie sie öffnen, bloß das hätte sie sich denken können, daß die Wohnungstür jetzt geschlossen ist, und doch genügt es, daß sie Lassen Sie mich raus! sagt, sofort ruft Wagner, der im Zimmer geblieben ist, einen Namen, an den sie sich nicht erinnert, aus dem Nebenzimmer kommt ein ganz junger Mann und öffnet die Wohnungstür, natürlich erst, nachdem Wagner aus seinem Zimmer Laß sie raus! gerufen hat, im Treppenhaus brennt gerade Licht, man geht also die Treppe hinunter, verläßt einen fremden Hausflur, steht auf der Schönhauser Allee und macht sich auf den Weg.

Und schon am Dienstag klingelt aber das Telefon im Kunsthistorischen Institut sehr früh, er hat keine Frauenstimme, Wagner verzichtet auf Umwege, er hat seine Geduld überschätzt, nur deshalb auch dieser harte Ton, obwohl doch die Sekretärin im Kunsthistorischen Institut weiß Gott keinen leichten Anfang hat an solch einem Dienstag, vor dem Tee noch, was soll sie denn sagen, außer, daß Janina nicht im Institut ist, nie um diese Zeit, Mit wem spreche ich denn eigentlich.

Zehn Minuten, bevor Wagner wieder anrufen wollte, kam Janina ins Institut, nahm den Zettel mit der Telefonnummer, den die Sekretärin auf Janinas Tisch gelegt hatte, und sagte zuerst nichts zu Wagner, weil Wagner sofort Was erlauben Sie sich eigentlich! fragte, ohne Pause dann Was fällt Ihnen eigentlich ein! anschloß, sicher nur ungewollt so seine Frage variierte, eine Tätigkeit, die man von ihm erwartete, schließlich Was glauben Sie eigentlich, wer Sie sind! hinzusetzte, eine Frage, die Janina doch unbeantwortet ließ. Janina sagte während dieses Telefongesprächs Ja, Nein und Ja. Wagner wußte schon, daß sie sich am Wochenende mit ihrem Freund getroffen hatte, und Wagner war da nicht weitergekommen, und er verlangte, Janina solle ins Direktorat kommen, Zimmer einhundertzwölf. Janina hätte nicht hinzugehen brauchen, aber was hätte sie tun sollen.

Für Wagner ist es so weit, daß er gerade jetzt etwas erfahren hat. Er macht Umschweife, seine Arbeit läßt auch Vergnügungen zu.

Wagner sagt, Sie haben sich schon immer für klüger gehalten, nicht wahr?, das Fräulein Doktor in spe, mit dem Wagner wird es schon fertig, aber das haben andere auch geglaubt. Und es will Janina scheinen, als unterliege Wagner selber dem Vorurteil, das er so beklagt, Wagner redet schon weiter, Bloß, für dumm laß ich mich nicht verkaufen, der hat ja nichts in der Hand, was kann der schon groß machen und so weiter, das kennen wir. Das Unschuldslamm aus dem Reich der Farben, wie könnte es denn, Politik ist was für vorm Kamin, und schon gar Wagner mit seinen Ansinnen, das sollen die schön alleine machen, nicht wahr, ich beschäftige mich mit Kunst.

Das werde ich Ihnen gleich sagen, was das soll, antwortet Wagner ein wenig zu gereizt auf Janinas Zwischenfrage, weil sie ihm die Pause weggenommen hat, in der er sich zurücklehnen wollte, er hätte die rechte Schreibtischtür öffnen und ein Blatt herausnehmen können zu dem Satz, Mit Kunst-Stückchen, besser gesagt, oder ist das etwa keins? Das Blatt wäre leichthin über den Schreibtisch geglitten bis vor Janinas Hand. Aber so, Wagner behält das Blatt in der Hand, fuchtelt damit herum und sagt, was er erst viel später sagen wollte, Deshalb also die vornehme Zurückhaltung, wie? Das Blatt fällt ziemlich hart auf den Tisch, bei einer Fotokopie ist das so. Also Wagner hat jetzt andere Saiten aufgezogen.

Aber Janina rührt sich gar nicht. Wagner mag das deuten als diese Verächtlichkeit, die ihn aufregt, Janina jedenfalls sieht man es nicht an, daß sie zum ersten Mal Angst hat vor Wagner. Sie ist plötzlich müde, sie verbirgt sich hinter der Ruhe ihrer Müdigkeit.

Wenn Wagner gewußt hätte, daß er jetzt Angst macht, aber nicht vor etwas Bestimmtem, wäre er noch nicht zufrieden gewesen, er will, daß Janina das Blatt ohne Aufforderung vom Tisch nimmt und liest, aber Janina rührt sich nicht. Deshalb kann er nicht sagen, Das scheint Sie denn doch ein wenig zu überraschen, da staunen Sie, nicht wahr, daß Wagner allerdings etwas in der Hand hat, so kann er das überhaupt nicht mehr sagen, wenn er sie vorher auffordern muß, das Blatt zu lesen, aber lesen muß sie es, Also bitte, wollen Sie die Güte haben, wenigstens sich selber zur Kenntnis zu nehmen, sagt Wagner, aber da ist er ungenau, Janina vermerkt es, als sie das Blatt, das sie nicht versteht, auf den Tisch zurücklegt, Sicher ist zuzugeben, daß einer nicht alles versteht, was einen selber betrifft, aber daß einen ganz und gar betreffen soll, was einer gar nicht versteht, das ist nur wenig wahrscheinlich, sagt Janina.

Soll ich Ihnen auch noch vorrechnen, was Ihr lieber Freund dabei verdient? sagt Wagner, oder genügt es Ihnen, daß er für diese Leute arbeitet, und zwar seit zwei Jahren, Wagner wiederholt, Seit zwei Jahren! Janina hört genau, wie Wagners Stimme bei dem Wort zwei lauter und höher wird, sie nimmt ganz absichtslos solche Einzelheiten wahr, die Handbewegungen Wagners, er spricht schneller als sonst, und seit zwei Jahren, sagt Wagner, seit genau zwei Jahren sind Sie beide befreundet, welch ein Zufall, nicht wahr?, es ehrt Sie, daß Ihr Freund sonst kaum jemanden kennt hier, kaum jemanden, nur eigentlich Sie, und wie oft kommt er rüber?, ›wie selten‹ kann man ja wohl kaum sagen, wenn jemand jede Woche aufkreuzt,

Janina dachte nur, was redet er denn da, gerade oft genug, sagt Wagner, und aus den Fingern kann Ihr Freund sich seine Weisheit nicht saugen, wo nimmt er sie also her, wenn er immer nur mit Ihnen zusammentrifft, Aber es stimmt doch gar nicht, was Sie da sagen, glauben Sie mir, Wagner antwortet, Halten Sie mich doch nicht für so naiv, daß ich mich von Ihrem Augenaufschlag umwerfen lasse, hier, er hat die Fotokopie wieder in der Hand, Ich weiß doch, daß das nicht stimmt, denkt Janina, ich weiß doch, Sie wissen hoffentlich, was das bedeutet, sagt Wagner, ich bitte Sie jetzt nicht mehr, sich die Sache noch einmal durch den Kopf gehen zu lassen, sprechen Sie mit ihm, Sie wollen doch gewiß noch öfter zusammentreffen, oder? Es ist das beste für Sie, das können Sie mir glauben.

*

Ich habe Wagner einfach angerufen. Nicht privat, selbst wenn ich gewußt hätte, daß Wagner wirklich Wagner heißt, im Telefonbuch stehen einhundertundvierzig Wagners mit männlichen Vornamen, oder es steht nur der Name seiner Frau im Telefonbuch, vielleicht ist Wagner verheiratet.

Uz hätte nicht gewollt, daß ich bei Wagner anrufe. Um seinen Zweifeln nicht nachgeben zu müssen, ich wußte natürlich, der Anruf ist aussichtslos, sagte ich Uz erst später, daß ich wenigstens versuchen wollte, irgendeinen Wagner ans Telefon zu bekommen, der Wagner sein könnte, auch wenn er sich nicht zu erkennen geben sollte.

Der Anruf endete zu Beginn, wie jeder Anruf in einem sehr großen Gebäude mit vielen Zimmern und Leuten, sehr vielen Leuten endet, wenn der Anrufer nicht weiß, wer Wagner ist, Das müssen Sie schon wissen, ich kann hier nicht alle, die Wagner heißen, mit Ihnen verbinden, mindestens so ähnlich.

Ich habe nicht von einer Telefonzelle angerufen, sondern von zu Hause, in meinem Zimmer bei Spikers.

*

Die beiden Herren sind zutraulich. Sie wissen, daß Croom nach Jena fährt, Weihnachten steht vor der Tür, Croom besucht seinen Bruder. Ich glaube nicht, daß ich etwas für Sie tun kann, hören die beiden Herren von Croom, das sind sie ja gewöhnt. Trotzdem, jaja, seine Rechte, gewiß, aber wie gesagt, Trotzdem. Warum fährt Croom zu Weihnachten nicht in die Dolomiten, warum fährt er jedes Jahr nach Jena, zu seinem Bruder, der ja ein beachtlicher Staatsbürger ist, er arbeitet doch nicht ganz unbemerkt, sondern ziemlich weit oben, ja wo schon, bei Zeiss eben, und wo arbeitet Croom, er arbeitet auch bei Zeiss, in gehobener Stellung, nur eben nicht in Jena. Es liegt uns vollkommen fern, nicht wahr, aber was liegt denn näher, als daß die Herren Croom in exponierter Stellung bei Zeiss, aber eben nicht nur hüben, sondern auch drüben, über, nun worüber wohl, na über Zeiss reden, oder? Und es ist doch nur natürlich, das meinen Sie sicher auch, daß Herr Croom in Jena nach hübigen Dingen fragt, das darf man gewiß annehmen, nein, das scheint sogar sicher zu sein, obgleich Sie sich stets an das Dienstgeheimnis gebunden fühlen, aber ja, nicht nur gebunden fühlen, sondern halten, einfach halten, es bestehen da absolut keine Zweifel.

Und wäre es denn da ein Wunder, wenn Croom einmal nach Dingen in Jena fragen würde, man hört doch allerhand, da brauchte man schließlich gar nicht verbrüdert zu sein, falls der Ausdruck erlaubt ist, das ergibt sich einfach so. Da bedarf es doch keiner hellseherischen Begabung, um sich vorzustellen, daß Sie so ziemlich viel von Herrn Croom in Jena erfahren, mein Gott noch mal, Sie arbeiten doch sogar auf dem gleichen Gebiet, seit Jahren schon. Aber selbstverständlich, wer weiß denn das nicht, hat sich Herr Croom in Jena an das Dienstgeheimnis gebunden zu fühlen, und das tut er gewiß auch, wir dürfen ihm da, zumal aus beträchtlicher Entfernung, nicht zu nahe treten, aber es bleibt doch gar nicht aus, daß Sie bei einem guten Tropfen, sagen wir Dujardin, oder unseretwegen auch Lánchíd, ins Gespräch kommen, nicht wahr, über Weißt du noch und Was macht ihr denn jetzt und Wie macht ihr denn das, was wir jetzt machen. Zu Weihnachten. Aber natürlich, das ist ausschließlich Ihre Angelegenheit, Zeiss, ja, aber Zeiss ist auch unsere Sache, oder sagen wir besser, beschäftigt auch uns, Sie arbeiten schließlich in einer Vertrauensstellung, und was Ihnen recht ist, darf uns wohl billig sein, lassen Sie es sich gut gehen in Jena, nichts für ungut, wir wünschen Ihnen eine gute Reise, und wenn es nicht fast frivol wäre, würden wir uns einen Gruß an Herrn Croom in Jena gestatten, sozusagen von Haus zu Haus, wir sind offengestanden selbst aus Thüringen, wie Sie vermutlich längst bemerkt haben.

Oder: Die beiden Herren sind pünktlich. Sie wissen, daß Herr Croom nach Jena kommt, Weihnachten steht vor der Tür, Herr Croom besucht Croom. Ich glaube nicht, daß ich etwas für Sie tun kann, sagt Croom, und das sind die beiden Herren nicht gewöhnt. Schönschön, Privatsache hin, Privatsache her, aber wie schon gefragt, Warum kommt Herr Croom ausgerechnet nach Jena, zu Ihnen, statt nach Spanien zu fahren, denn immerhin sind Sie ja nicht irgendwer, sondern bei Zeiss, und das in verantwortlicher Position, und der Herr Bruder, wo arbeitet der? Auch bei Zeiss natürlich, in gehobener Stellung, nur eben drüben, und nicht hüben. Und Sie werden uns doch wohl nicht weismachen wollen, na schön, sagen wir, sagen wollen, daß Sie mit Ihrem Bruder nur über Gänsebraten und Thüringer Klöße reden, nicht wahr, Ihr Bruder und Sie. Das ist doch wohl klar, Ihr Bruder interessiert sich auch für Zeiss. Und wenn wir Ihnen sagen, daß wir Ihnen vertrauen, dann vertrauen wir Ihnen auch, verstanden? Für einen Mann wie Sie dürfte das doch kein Problem sein, arbeiten Sie nicht sogar auf dem gleichen Gebiet? So was ergibt sich ganz von selbst, das braucht gar nicht so auszusehen, unter Brüdern, oder? Also lassen Sie sich das noch mal durch den Kopf gehen, und schöne Feiertage, Croom.

Oder, noch kürzer. Einer der beiden Herren kommt wieder. Er weiß, daß Herr Croom noch in Jena ist. Das ist merkwürdig, sagt Herr Croom, und das sagt sich auch Croom. Der Herr hofft also, daß Herr Croom eine gute Reise nach hüben hatte und es sich wohl sein läßt in Jena, der alten Heimat, die einen nicht losläßt, schon gar nicht, wenn man sozusagen ein Zeissianer ist, nicht wahr? Und wenn man schon einmal hier ist, dann möchte man auch mal wieder kommen, Weihnachten oder sonst, denn der Bruder in Jena lebt doch einen schönen Tag, man ißt, man trinkt, ein Wort gibt das andere, die Zeit damals und die Zeit heute, und Zeiss hier und Zeiss dort, Sie arbeiten doch noch in Ihrer alten Abteilung?, als Leiter natürlich, als Leiter, wie die Zeit vergeht.

Und das alles erzählt mir Uz einfach aus Spaß an seinen Sätzen.

*

Das Kind ist krank, man sieht es. Die Mutter hilft ihm stumm auf den Rücksitz, sie hilft ihm auf eine Weise, die mich rührt und erschreckt zugleich, ich schäme mich nicht, daß ich mich schwach fühle. Ehe ich fahre, drehe ich mich noch einmal um zu den beiden, ob ich beruhigt fahren kann. Die Mutter sagt, wohin ich fahren soll, oder sie will es sagen, und ich erkenn, daß auch sie krank ist. Ich weiß die Namen vieler Straßen, und ich nenne eine Straße, die die Frau gemeint haben könnte. Aber bevor sie aussteigt mit ihrem Kind, sagt sie etwas. Sie sagt, Wenn ich es gewußt hätte, wäre ich ohne Kind geblieben, das sagt sie mehrmals, bis ich ihre Worte verstanden habe.

*

Herr Prof. H. erzählt mir von seinem jungen Westberliner, der kaum einen deutschen Satz sagt, in dem nicht O boy oder O. K. oder Well oder No vorkäme, Etwa so, wissen Sie, sagt Prof. H., oder hab ich Ihnen das schon erzählt.

Ich gebe zu ...

Oh, sagt Prof. H., dann erzähle ich Ihnen das nicht, ich erzähle nämlich Geschichten nicht gerne zweimal.

*

Den Kranz legen sie in den Kofferraum, sage ich zu den beiden Männern, die nach Baumschulenweg wollen. Sie haben graue Mäntel an, ähnlich in der Farbe, sie tragen schwarze Schlipse. Der eine, offenbar der ältere, hat ein beinah formlos dickes Gesicht, ohne erkennbares Kinn. Er redet wie jemand, der nicht merkt, daß er immer zu laut ist. Die beiden könnten Brüder sein oder Vettern. Der ältere raucht Karo, den Rauch bläst er nicht mit halbwegs geschlossen Lippen fort, er reißt den Mund jedesmal weit auf und stößt den Rauch keuchend aus. Der jüngere hat den Kranz in den Kofferraum gelegt.

Anschließend gehen wir gleich in die Wohnung, sagt der ältere. Überleg dir, was du haben willst.

Ottie hat gesagt, Bring mir was Schönes mit, aber was soll da schon zu holen sein. Die Trauerfeier ist mir egal.

Gutgut, aber der Pfarrer, wir müssen den Pfarrer bezahlen, oder ist der im Preis drin?

Ich hab keine Ahnung.

Die Nachbarin will den Staubsauger haben, was meinst du?

Der ist nagelneu, achtzig Mark kann ich verlangen. Dann suchen wir zusammen, was wir gebrauchen können, und den Rest schmeißen wir auf einen Haufen. Muß ja schließlich doch leergemacht werden.

Hat 'n schönes Alter erreicht, was soll da noch das ganze Getue.

Die beiden Männer mögen sich gewundert haben, als sie mich unter den Trauergästen entdeckten. Der Pfarrer sprach von Leidtragenden. Die Tote hatte Kinder gelehrt, sie war rechtzeitig gestorben, wenn ich den Pfarrer richtig verstanden habe, sie sollte ins Heim. Warum spricht der Redner über das Leben der Toten? Die einen wissen es besser, und die anderen können es nicht nachprüfen. Warum versinkt der Sarg vor den Augen der Anwesenden, aber nicht ganz, es müssen noch Blumen auf den Sarg geworfen werden, ehe sich die Luke über ihm schließt. Alle wissen, daß es damit nicht getan ist. Und warum treten die Hausbewohner und Lehrer und Vertreter der zuständigen Gewerkschaft mit verstellter Haltung an die Verwandten heran und sagen etwas, das wie Herzliches Beileid klingt.

*

In der Kastanienallee steigt ein älterer Mann ein, ich habe ihm zugenickt, als er fragte, ob der Wagen frei sei, ich notiere mir noch, wieviel die Frau bezahlen mußte, die eben ausgestiegen ist, der Mann auf dem Rücksitz sagt, Hier hat aber jemand was liegenlassen, junge Frau. Er gibt mir einen Briefumschlag, ohne Adresse, offen. Ich nehme eine Briefkarte aus dem Umschlag, der Mann, der hinter mir sitzt, sieht mir zu, ich halte die Karte so, daß er sie nicht lesen kann, und lese den Satz, der nicht einmal bis zum rechten Rand der Karte reicht.

Es gefällt Wagner nicht, daß ich suche. Meint er auch Janina oder nur sich selber?

*

Am linken Straßenrand, auch auf der Fahrbahn, stehen Leute, sie betrachten etwas vor ihren Füßen, ich fahre langsamer, da sehe ich, ein Hund leckt Blut, das aus einem Hund kommt, der in der Dämmerung überfahren wurde.

*

Uz läßt bei Frau Spiker den Verdacht aufkommen, daß ich nie etwas einkaufe. Wenn ich nach Hause komme, in mein Zimmer bei Familie Spiker, bin ich so müde nach meiner Schicht, weniger als dreißig Touren werden es selten, daß mir erst beim Anblick meines Tisches einfällt, ich hab wieder nicht daran gedacht, irgend etwas einzukaufen, nur nach Hause, in mein Zimmer, ich will die Vorhänge zuziehen und ausruhen. Uz war schon hier, er hat alles auf den Tisch gelegt, was ich brauche, auch Zigaretten, abends kommt Uz wieder.

Oder Uz ist noch da, er sieht, daß ich müde bin, und bedauert mich, gleich geht es mir besser, er kann es sich gar nicht leisten, und sagt auch für sich, Wir fahren auf die Insel. Die Fahrt lassen wir weg, nur die Überfahrt bleibt. Wir stehen am Schiffsheck und sehen zu, die verlassenen Häuser rücken zusammen, die Türme werden niedriger, über dem Schiff Möwen, die Nutzen aus dem Vergnügen des Sturzfluges ziehen. Eine halbe Stunde genügt, die festländischen Geräusche zu vergessen, nur das wirbelnde Wasser und, ohne Betrüben gehört, der Schiffsmotor, er bringt dich fort. Willkommener wäre die Sonne, aber Wolken, Regen, graue Abgründe sind angenommen, wir klammern uns an die Luft, atmen. Die Zeit der großen Salzwasser. Lange bevor du die Insel siehst, erreichst du sie. Lange schon siehst du sie, ehe du sie erreichst. Am Hafen Leute, zwei kennst du, das Jahr ist gleichgültig. Das kleine Zimmer, das du kaum bewohnst. Die Kinder des Gastgebers, blond ist blonder, inselblond. Der erste Weg zum Wasser, dort, zwischen Steilufer und Inselrand, hören wir nur einmal am Tag ein fremdes Geräusch, die Maschine am Himmel um Mittag, Zeit für ein Feuer zwischen drei Steinen. Probeweise gehen wir aufs Wasser, Sonnenpfade, Verzicht auf Himmelsrichtungen, meerischer Gleichmut. Lila Teppiche, über die Insel gebreitet von Rand zu Rand, Glockenheide. Die Schiffe entlassen fremde Heere, die die Insel erobern und aufgeben mit dem letzten Schiff. Unter den Fenstern der Häuser Klatschmohn und Malven. Himmelblauer Himmel ragt in die Dächer. Thymian und Nelke im Gras. Königskerzen. Ich erinnere dich an den Satz eines Mädchens aus der großen Stadt, am Abend im Sommer vor der größeren Wiese, Wäre ich eine Grille wahrlich, ich würde ein wenig zirpen. Und der Wald von Masten hinter dem Deich. Segelboote. Alles Nötige beisammen auf kleinem Raum, beweglich. Schiff, Insel der Inseln. Die Insel als Form.

Ach Uz, machst Pläne für wärmere Zeiten.

*

Erfinde einen Anruf, sagt Uz. Du nimmst den Hörer ab, die Stimme sehr nahe, Wie geht es Catt. Du fragst, Wer spricht dort! Die Stimme sagt, Haben Sie den Brief bekommen. Du weißt jetzt, wer nach Catt fragt.

Was noch? frage ich Uz.

Uz winkt ab, Ich weiß es nicht. Er hätte sagen müssen, was in diesem Brief stand, den du nie bekommen hast.

*

Du verlierst dich in alle möglichen Dinge, hat Uz gesagt. Du hast zu wenig Zeit, deine Arbeit macht dich müde, aber du suchst nach

Janina und machst Notizen vom Alltag, die nichts mit der Geschichte zu tun haben.

Ich weiß, daß Uz mir die Suche nach Janina nicht wirklich vorwirft. Auch meine alltäglichen Notizen nicht. Und natürlich ist es einfach eine Redensart, ›alle möglichen Dinge‹ zu sagen. Daß diese Dinge nichts mit der Geschichte zu tun haben, die Uz meint, ist wahr; jedenfalls bringen sie diese Geschichte nicht voran. Ich habe eigentlich nur ihren Anfang aufgeschrieben. Seit ich das Taxi fahre, seit ich also meine freien Stunden genauer einteilen muß, habe ich mich vor mir selbst herausgeredet, daß ich nicht vergessen darf, was ich jeden Tag höre, ich habe mir Notizen gemacht, schließlich die Suche nach Janina, aber ich vergesse vielleicht, was ich aufschreiben wollte, der Anfang der Geschichte bleibt liegen, das wirft mir Uz vor.

*

Die Geschichte von Juca und Koschko

Ich war lange im Zweifel, ob diese Geschichte erst in Berlin beginnen sollte, oder doch noch in Leipzig, wo Juca studierte. Aber es war im Grunde gleichgültig. Rückblende oder chronologischer Ablauf, es wäre in jedem Falle gleich schwierig gewesen, Jucas Freund Koschko so zu beschreiben, wie er damals, in Leipzig, noch war. Schwierig, weil sein Bild, das Juca mochte, ganz von der folgenden Zeit getrennt werden muß, einfach, damit Juca verstehbar wird.

Wäre Koschko anders beschrieben, müßte ich Juca schon zu Anfang vorwerfen, was sie sich selbst erst später vorgeworfen hat. Trotzdem frage ich mich, ob ich Koschko wirklich beschreiben kann, als gäbe es die folgende Zeit gar nicht. Bin ich da genau genug?

Erklärt er sich nicht schon aus der Zeit, die ich jetzt vor Augen habe? Aber ich muß auch Juca vor Augen behalten. Ich rechtfertige mich mit einer Möglichkeit, die ich Koschko zugestehen muß; daß er sich wirklich geändert hat. Juca hat sich ja geändert; sie erkennt viel deutlicher, welche Veränderungen vor sich gehen.

Juca, obgleich sie nur ein mühsam möbliertes Zimmer bewohnte, übrigens im Norden von Leipzig, ein enges Zimmer mit dem Blick auf den Hof, die Wohnung ohne Bad, im Zimmer kein Waschbekken, nur eine Porzellanschüssel und einen Wasserkrug, Juca wollte das Kind behalten.

Sie entschied sich ohne Nachdenken, als sie sah, daß sich Koschko, ohne nachzudenken, freute. In diesem Moment stellte sie sich überhaupt nicht vor, wie sie leben mußte. Aber sie lernte es.

Die Zimmerwirtin, glücklicherweise eine freundliche Frau, war zuerst fast erschrocken, mehr Jucas wegen, er fand aber bald Notlösungen.

Doch es war noch nicht so weit. Vorläufig befand sich Juca erst einmal im Monat Dezember, bis Juli blieb allerhand nutzbare Zeit. Wenn Juca manchmal doch verzagen wollte, daß sie viel stärker sein mußte als die anderen, die schon genug hatten an ihren Lernübungen, und immer nur das, das will auch keiner, der Mensch muß schließlich mal ins Kino gehen, und schwofen in der Mensa, oder einfach nach Hause fahren übers Wochenende, dann rechnete sie sich aus, daß es schön sein müßte, einem zweijährigen Sohn, der kann ja schon sprechen, dieses Diplom aufzurollen, Sieh mal, unser fliegender Teppich, der trägt uns bis Berlin, wir landen an der schönsten Stelle, nur noch Honig wird dann geschleckt, Milch höchstens freiwillig, und die anderen Diplombesitzer hätten die Einsicht noch nachzuholen, daß Zeit ausfüllbar ist, und wer sie nur verbringt, dem ist sie fort.

Bis zum Juni wollte Juca jede Minute nutzen. Gebraucht wurden Vorsprünge. Allerdings nicht blind und wütig drauflos, eher doch gelassen, aber eben aus geheimem Antrieb wenig beirrbar, trotz mancher Abschweifung. Ein bißchen nachlassen, wenn ihr Sohn erst da wäre, eine Zeitlang zurücksinken ins Spiel, in dem nicht zu heißen Julisommer, das wollte Juca sich leisten können. Also Vorsprünge. Juca hätte jeden Tag achtzehn Stunden arbeiten können, das nahm sie sich vor.

Montags vier Stunden Vorlesung, um pünktlich zu sein, halb sieben aufstehen, Juca war nicht gleichmütig genug, so spät in den Hörsaal zu kommen wie zum Beispiel jener große blonde Junge, der jeden Montag zu spät kam, sehr zu spät, so daß der Professor seinen Vortrag freundlich regelmäßig für eine Weile unterbrach, bis der blonde große Junge in Ruhe seinen Platz gefunden hatte.

Die Zigarette in den Vorlesungspausen wollte Juca sich bald abgewöhnen, diese Woche vielleicht schon, es ist bestimmt ein Irrtum, daß es ohne Zigarette schwieriger ist, wach und konzentriert zu bleiben, aber an diesem Montag ist es auch mit Zigarette schwieriger, Juca müht sich ab, wenigstens eine Viertelstunde schlafen jetzt, sie könnte den ganzen Tag jetzt schlafen.

Nach der Vorlesung ist sie mit Koschko verabredet, sie gehen zusammen essen. Als sie die Mensa betreten, die Mensa ist gut geheizt, draußen, im Dezember, regnet es leicht, trifft sie ein Dunst aus Herbstfeuchtigkeit, Körperwärme und Eintopfessen, Juca greift sich an den Hals, sie wird angerempelt, weil sie hinter der Tür stehenbleibt, Koschko nimmt sie bei der Hand, Komm raus hier. Sie gehen in ein Restaurant heute.

Hier war es erträglich, aber Zeit hatte Koschko wenig, auch Juca mußte in einer knappen Stunde im Seminar sein. Ich hab das Gefühl, ich kann überhaupt nicht mehr denken, sagte Juca, mein Sohn stellt Ansprüche. Die Antwort Koschkos war nicht ernstgemeint, Juca lachte nur, als er sagte, Merk dir doch nur, was gesagt wird; du brauchst gar keine guten Gedanken, Hauptsache, du hast ein gutes Gedächtnis.

Und wenn nichts Gutes gesagt wird, fragte Juca doch, aber sie hatten, wie gesagt, keine Zeit für ein Gespräch.

Nach dem Seminar holte Juca noch Bücher ab, der Weg zur Universitätsbibliothek war die erste halbe Stunde des Tages, die Juca nur für sich hatte, sie ging langsam, und wenn sie jetzt gefragt worden wäre, woran sie denke, hätte sie antworten müssen, was sie als Antwort auf diese Frage so wenig mochte, An nichts, einfach an nichts, die Menschen, denen sie begegnete, die Häuser, an denen sie vorüberging, nahm sie ohne Eindruck wahr, fast verwundert, ihre Schritte waren leicht, es tat ihr leid, daß der Weg schon zu Ende ging.

Juca dachte an den Streit über das Foto. Wahrscheinlich wäre es richtiger gewesen, von der Auseinandersetzung über das historische Bilddokument zu reden, aber Juca redete nicht, sie erinnerte sich: In Koschkos Seminargruppe wurde die Übersetzung der größten Tageszeitung geübt, wie immer. Diesmal an einem Sommertag, vor einem Vierteljahr jetzt fast. Fast immer an diesem Tag seit einigen Jahren ist in der größten Zeitung ein bekanntes Foto zu sehen, von jener Art, die um die Welt geht, heißt es.

Die Studenten der Seminargruppe sahen das Bild auch an diesem Hochsommertag in ihrer Tageszeitung, es war auffällig plaziert, ein ziemlich großes Bild, aber für Studenten, die die Übersetzung der Alltagspresse zu üben hatten, war es eigentlich ohne Interesse, geübt wurde der Leitartikel.

Fau, der wahrscheinlich am besten übersetzen konnte, fand den Leitartikel langweilig, aber nur, weil er ihn am besten übersetzen konnte. Deshalb blätterte er weiter und übersetzte die Bildunterschriften aller Fotos. So jedenfalls sei er auf dieses Bild gekommen, erklärte Fau, als man ihn später, drei Tage später, fragte, wie er überhaupt dazu komme. Er übersetzte also diese Bildunterschrift, dem Sinn nach ein rühmender Hinweis auf bewaffnete Männer in ähnlichen oder gleichen Anzügen, die Schulter an Schulter, also in einer Reihe nebeneinander stehend, dem Feind die Stirn geboten hatten und immer noch boten. Die Männer blickten ernst. In ihrem Rücken, quer zur Straße, erhob sich ein steinernes Bauwerk mit mehreren Durchfahrten in den still glänzenden Sommerhimmel. Der Rosselenker des römischen Viergespanns, das dem Bauwerk als eine Krone aufgesetzt ist, trieb seine Tiere in das Auge der Kamera.

Fau hatte den Bildtext schon übersetzt, als er, seine Übersetzung sachlich zu prüfen, noch einmal auf das Bild sah. Ein unvermeidlicher letzter Blick, eine Art Rückfrage.

Der Streit über das Foto wurde festgesetzt auf den dritten Tag nach Faus Bemerkung. Es sollte eine außerordentliche Sitzung der Seminargruppe sein, dem Foto und Faus Bemerkung angemessen.

Koschko, der die umstrittene architektonische Attraktion, die Straßenzüge und angrenzenden Ortspunkte genau kannte, vertraute nicht auf zurückliegenden Augenschein. Er war auf vergegenständlichten Anblick aus, vorweisbaren; zu oft schon waren Debatten ins Ungefähre verschwommen, weil es genügen mußte, die eine oder andere Ansicht beweislos und oft zu wiederholen. Koschko mußte nicht gerade eine Aquatinta, um 1790, entleihen. Aber Bildbände suchte er im Katalog der Universitätsbibliothek, und zwei borgte er sich aus, für Entscheidungen im Bilderstreit.

Die großen Fotos in den Bildbänden, meist aufgenommen aus einer Entfernung, die den vorgelagerten Platz einschloß, also auch die Gebäude links und rechts, waren nützlich für einige, denen die Verwechselbarkeit der Seiten genügt hätte. Aber einfacher war der Streit nicht geworden mit Koschkos Stand- und Luftbildern. Die Leiter des Streits hätten vielleicht gar nicht bestreiten wollen, daß die Seiten des hohen steinernen Bauwerks unverwechselbar sind.

Daß Koschko Seitenbeweise lieferte, war wahrscheinlich ganz überflüssig, bestimmt lästig. Die Streitleiter hätten vermutlich ohne Umschweife den Sinn des fraglichen Fotos, sein Wesen, wie sie sagten, erfragt, und hätten also leicht über die begleitenden Umstände jenes fotografisch-journalistischen Abbildes der Zeit hinwegsehen können. So mußten sie es Koschko eigentlich ankreiden, daß er auf Formalien herumritt, ehe das Wesentliche an die Reihe kommen konnte.

Hatte es Koschko denn nötig, die zweifelhafte Bemerkung Faus mit seinen Bildbandfotos, ob er nun wollte oder nicht, zu unterstützen?

Denn worum geht es, hatte endlich der Leiter sagen können.

Doch nicht darum, ob diese oder jene Seite ins Auge fällt, sondern auf welcher Seite ihr steht.

Koschkos Beihilfe zu Faus Bemerkung konnte nur hinderlich sein, den schließlichen und endlichen Symbolwert jenes Dokuments zu erweisen, der für alle fast erwiesen schien am Ende der Sitzung.

Und wer, wie Fau, trotz allem darauf beharre, daß da eine lokale Unstimmigkeit bleibe, der müsse sich schon die Frage gefallen lassen, was er denn eigentlich wolle.

Jetzt war Koschko der einzige, der sich noch einmal meldete. Er sagte, Symbolwert unbestritten, aber ob Fau ihn anerkenne oder nicht, formal sei seine Bemerkung korrekt.

Das sagte Koschko, obwohl vorauszusehen war, daß der Streit mit Fau erst anfing.

Juca dachte später, in Berlin, über einen Satz nach, der ihr damals in Leipzig wichtig gewesen sein mußte: Weil Koschko so war, mochte sie ihn.

Das Jahr, in dem Jucas Sohn geboren werden sollte, hatte für Koschko noch knapp sieben Studentenmonate. Es kam die Zeit der letzten Beweise für langjährigen Eifer.

Koschko wollte niemandem etwas beweisen, aber er wollte eines: nach Berlin. Und weil es zwar gar nicht nur, aber doch auch sehr von seinen übersetzerischen Fertigkeiten abhängen würde, ob die behutsamen Unterredungen mit den Herren dieser hauptstädtischen Dolmetsch-Agentur einen bleibenden Sinn erhielten, ließ sich Koschko kaum noch Zeit. Nur Jucas wegen unterbrach er sich, manchmal sahen sie sich einen ganzen Tag lang überhaupt nicht. Koschko wohnte nicht im Norden von Leipzig, und Juca, die oft erschöpft war, nahm den neuen Alltag an.

Aber wenn Juca gar nicht daran dachte, daß Koschko schon den zweiten Tag nicht gekommen war, hatte er sich doch Zeit genommen, die ihm nicht gehörte, die Zeit einer obligatorischen Versammlung am frühen Nachmittag, und sagt an der Wohnungstür, Ich hab da was besorgt, hilf mir mal tragen. Sie gehen die Treppe hinunter, Juca wirklich fragend, und im Hausflur zeigt Koschko auf den ziemlich neuen Kinderwagen da und sagt, Ist zwar noch ein bißchen früh, aber er ist gerade freigeworden, ich hab aufgepaßt in meinem Haus. Juca freut sich fast noch mehr darüber, daß Koschko durch halb Leipzig gezogen ist mit dem Gefährt, das ist Koschko, an der Straßenbahnhaltestelle bittet er einen Mann, der nicht allzu abweisend aussieht, Faß doch mal mit an, und weil der Wagen leicht ist, sagt der Mann, Na dann streng dich mal an, ehe er Bitteschön sagt, Koschko lacht. Juca und Koschko tragen den Wagen die Treppe hinauf, sie stellen ihn in Jucas Zimmer, Er ist wie neu, sagt sie, lobt Koschko, freut sich, jetzt macht es ihr nichts aus, daß der Wagen keinen Platz mehr läßt zwischen Kleiderschrank und Tisch.

Am vierten Tag im Mai hatte Juca lange genug zu viel gearbeitet, sie hätte leicht einhalten können, genügend Vorsprung für den Sommer war herausgeholt, auch für ihren Sohn war Vorsorge getroffen, Wäsche usw., ein Korb für nächtliche Unterkunft, die kleine Badewanne, Jucas Zimmerwirtin kannte sich aus, Wir machen das schon, Fräulein Juca, keine Angst.

Aber Juca wollte nicht ausruhen, Wie denn. Soll ich schlafen, und dort auf dem Tisch liegen die Bücher, oder soll ich spazierengehen? Und wo denn.

Koschko brachte die Idee mit der Reise, die Vorlesung am Donnerstag oder das Seminar am Freitag einfach seinlassen, Juca ist krank, eine halbe Woche Zeit für die andere Stadt. Überhaupt, wann wirst du wieder verreisen können, sagte Koschko.

In der Eisenbahn. Im Abteil. Die anderen Beamten, Kondukteure, Zollsekretäre, sind nicht ungenauer, aber sie reden, daß die Genauigkeit nicht wie ihr eigener Zweck aussieht. Das ist viel, wenn der Zweck der Genauigkeit derselbe ist.

Im Speisewagen. Die beiden Frauen am Tisch bestellen Juice, von Grapefruit. Der Kellner gießt die Gläser voll, die Büchsen stellt er daneben. Als ein Glas umgefallen ist und das schöne blaue Reisekleid unbrauchbar, weiß die Frau nicht, ob sie Koschko danken soll, daß er versucht hat, das Glas festzuhalten, oder ob sie ihm böse sein soll, weil er es vollends umgestoßen hat.

In der anderen Stadt. Im Taxi. Bevor Juca den Namen der gesuchten Straße korrekt ausspricht, ist der Fahrer fast gleichgültig. Nachdem sie den Stadtteil fehlerfrei angefügt hat, dreht sich der Fahrer um und bietet Juca ihre eigene Sprache an. Unterwegs erklärt er manche Häuser. Er spricht mit jenem Akzent, den Juca so gerne hört von den Einwohnern dieser Stadt, wenn sie Jucas Sprache benutzen.

Im Restaurant. Man hat im Restaurant kein schlechtes Gewissen, daß man im Restaurant essen möchte.

Bei den Freunden, eigentlich bei Jucas Freunden. Pavel will reden mit Juca und Koschko am Abend, die guten Dinge besprechen, die schlechten, rauchen, Zigaretten zu den vielen Zigaretten, den Wein aus schweren Gläsern trinken, Ludmilla will in die Stadt gehen unter den Lichtern am Abend, über Brücken, durch Straßen, dem Wasser zusehen in der Dunkelheit. Juca und Koschko wollen beides.

Aber erst müssen wir reden, sagt Pavel.

Aber die Stadt, sagt Ludmilla.

Sie gehen in die Stadt, und Pavel ist nicht zufrieden, aber er sagt nichts.

In der Stadt. Ludmilla geht durch abgelegene Straßen, es sind verborgene Zimmer einer Wohnung, die niemand betritt ohne Ludmilla.

Ludmilla steht am Fluß, das Licht auf dem Wasser fließt in die leuchtenden Häuser, aus denen das Licht auf den Fluß fällt.

Ludmilla steht auf einem Felsen, der Fluß ist ein schwarzheller Glanz, daß wer hinunterspringe in die kühle Klarheit.

Ludmilla steht unter den achtzehn Türmen, der linke Turm ist vielerlei anders als der rechte. Die Schönheit des Bauwerks kommt von der Verschiedenheit seiner Teile, sagt Ludmilla.

Ludmilla ist müde.

Pavel und Ludmilla. Aber Pavel, als wir zurückkommen, ist nicht müde. Er steht von seiner Arbeit auf, die er selten benennt, Es macht mir Spaß, Worte zu suchen, sagt er, und zeigt ein Bändchen Geschichten, das er übersetzt hat in seine Sprache, aus ihrer, wie Juca und Koschko wissen. Pavel läßt sein Werkzeug ungeordnet, Wörterbücher, Papier, Bleistifte, er geht zum Tisch, an dem sie sitzen wollen, gießt Wein in die Gläser und fragt nach Geschichten, die aus seiner Sprache übersetzt sind, aber Juca und Koschko haben sie noch nicht gelesen.

Ludmilla ist eine Schatzsucherin, sie holt sich die alte Stadt, Bilder, so sagen Juca und Koschko, es sind aber Ansichten, Stahlstiche oder Kupfer, das Blatt stockfleckig am Rand, und Landkarten, Stadt mit Umgebung und Schlachtplan der Preußischen Armeen im Mai 1757, fröhlich koloriert.

Pavel, der die Texte zu den Karten und Ansichten spricht, will sehen, was Ludmilla noch zurückhält, sie hat das zusammengefaltete Blatt zur Seite gelegt, und Ludmilla legt aus das Stück des Augsburger Stechers Seutter, Marchionat Brandenburgensis, als Berlin noch zwei Große Meilen von Köpenick entfernt war.

Pavel sagt, Von hier zog Er aus. Und die glühenden Kugeln,

welche Er in unsere Stadt hineinwerfen ließ, unterhielten eine fortwährende Feuersbrunst. Auch ließ Er es sich angelegen sein, geheime Kundschafter in die Stadt zu senden. Die Nachrichten, die sie Ihm brachten, verhießen ein baldiges Ende nach Seinem Wunsche.

Letzter Tag in der anderen Stadt. Juca und Koschko sitzen mit ihren Freunden in einem Restaurant, das viel zu teuer ist, bis zur Abfahrt sind es noch zwei Stunden. Juca kann durch die riesigen Fenster, die bis zum Fußboden reichen, auf den Platz vor dem Restaurant blicken, sie folgt dem unaufhörlichen Wechsel von eiligen oder bedächtigen Leuten, von Autos und Straßenbahnen.

Jetzt müssen wir abreisen, sagt Juca, und ich möchte bleiben. Eure Stadt ist mir noch fremd genug, und doch vertraut. Was ich allzugut kenne, wird mir in meiner eigenen fremd.

Auf dem Bahnsteig. Pavel hat ein Buch aus der Aktentasche genommen und reicht es durchs Fenster ins Abteil. Juca erschrickt. Es ist ein Buch, das in Pavels Stadt gedruckt wurde, als es in Jucas Land schon verbrannt war. Gedruckt wurde es später nicht mehr. Pavel freut sich, ohne es zu zeigen.

Auf der Rückreise. Koschko wundert sich zu spät über Pavel, er hätte ihn fragen können.

Juca sagt, Pavel hat lange in unserem Land gelebt.

Aber das ist schon mißverständlich. Es war nicht Jucas Land, und Pavel wollte nicht dort leben.

Er hat es mir erzählt, sagt Juca. Er wurde nach Deutschland gebracht, da war er jünger als du. In eine Stadt, die für Bombenflugzeuge leicht erreichbar war und unter ihrem Weg lag, wenn sie in die Mitte des Landes fliegen wollten oder weiter. In den Bränden mußte Pavel auf die Straße, die Feuer zu löschen, die Verschütteten auszugraben, die Toten fortzutragen. In einem Land, das er nicht liebte.

Ich lasse aus die Zeit nach der Reise: das immer beschwerlichere Leben Jucas, die keine Zeit hatte für freie Zeit. Koschkos Examen, das gut genug war, um der Dolmetsch-Agentur zu genügen. Die Geburt von Jucas Sohn vor allem, die ich vielleicht doch noch beschreibe. Schließlich die Monate Juli und August in der Stadt, in Jucas möbliertem Zimmer, die Nächte ohne Schlaf, weil Jucas Sohn nicht anders war als andere Söhne. Juca nahm sich endlich Zeit in diesen zwei Monaten, sie ging spazieren in den Straßen, die Bäume hatten, sie las sogar, und sie schlief in den Stunden am Tag, die zwischen den Sättigungen blieben.

Ich lasse aus auch Koschkos Reise und Umzug nach Berlin. Seine Sorgen. Seine Versicherungen. Seine Erwartungen.

Die Agentur half ihm. Koschko mietete sich ein Zimmer. Zuerst hatte er Feldbett und Schrank. Es war eine eigene Wohnung, die Zimmertür führte ins Treppenhaus. Koschko dachte an mehr, er richtete sich nicht ein.

Bis zur Agentur war es nicht einmal weit. Koschko wurde sogleich wie ein geübter Arbeiter behandelt, keine langen Vorreden (so sagte sein Chef), sondern Termine: diese Gewerkschaftsdelegation, Dienstag, neun Uhr, Flughafen, zunächst. Am Freitag schon, Hotel B., noch vor dem Frühstück, Handelsleute etc.

Schon im Herbst wußte Juca, daß sie eine Unterkunft brauchte für ihren Sohn. Manchmal dachte sie daran, ihn mitzunehmen. Er war doch müde am Vormittag, sie hätte den Wagen in der Vorhalle stehenlassen können, der Pförtner wäre vielleicht darauf eingegangen, das Haus und Jucas Sohn zu bewachen.

Manchmal sagte Jucas Wirtin dann, Gehen Sie nur, ich paß schon auf.

Aber meistens bleib Juca zu Hause, so sagte sie, und las bloß die Durchschrift der Vorlesung, die am Nachmittag gebracht wurde.

Auf dem Schwarzmarkt der Pflegemütter hatte Juca keine Chance. Ein Pflegemonat hätte fast ein Monatsstipendium gekostet. Und die städtische Bewahranstalt, zwei Straßen weiter, die am frühen Morgen angelaufen wurde von Beladenen, wies Juca ab. Nur über unser Rathaus, das gab wenig Hoffnung auf Überwindlichkeit, Und Sie sowieso nicht, Studenten sind extra.

Schließlich war es Juca lieber, jeden Morgen, auch wenn sie keine Vorlesung hatte, weiter als bis zur Universität zu fahren, in die sie zurückfuhr, wenn sie Vorlesung hatte, statt nur noch Mitschriften, Protokolle, Durchschriften und Notizen zu lesen, die von unbeschwerten Kommilitonen verfertigt waren. So entfernt von Jucas Zimmer lag das Haus für Studentenkinder, die meisten wohnten Tag und Nacht dort, aber Juca wollte abends Gespräche.

Koschko in Berlin hatte wenig Mühe mit seinem Ansehen. Er hatte Zeit, wenn mehr verlangt wurde. Im Winter wurde er schon genannt: zuverlässig, nicht nur pünktlich, auch ausdauernd, das ist mehr, schließlich hilfsbereit und, so schrieb Koschko, einsatzfreudig.

Koschkos kleine Erfolge, belächelt von ihm selbst, waren ganz ungewollt, sollte er sich besondere Mühe geben, unzuverlässig etc. zu sein? Schließlich, er langweilte sich sogar, da arbeitete er lieber.

Wenn er am Abend mit Ingenieuren, Agronomen, Ärzten, Sängern, Kommunalpolitikern, die die Stadt sehen wollten, ins Theater ging, ins Kino, oder im Hotel saß, obgleich ohne Lohn, brauchte er nicht in sein Zimmer zu gehen, das übrigens kalt war, schwer heizbar.

So also dieser Herbst und so der Winter.

Koschko fuhr nicht sehr oft zu Juca. Er hatte kein Zimmer in Leipzig, manchmal schrieb Juca, Komm nicht, ich hab zu tun. Koschko überlegte, ob es ihm recht war oder nicht.

Er bot fürs Wochenende Dolmetsch-Dienste an, obwohl es ohne ihn gegangen wäre, aber so war es noch besser. Zwei Wochen später wurde er gebraucht, Du hast doch Zeit, Junge. So weiter, die Wochenenden waren vergeben, Koschko hatte jetzt nicht immer Zeit, um zu Juca zu fahren.

Noch im Winter, am Jahresanfang, ging Koschko zum Amt für Wohnungen, es war ein Vorsatz, Feldbett und Schrank für kurze Zeit, Jetzt ist es genug, schrieb er.

Das Amt hat den Stadtbezirk in kleine Gebiete aufgeteilt, jedes Gebiet hinter einer eigenen Tür. Koschko geht den Korridor entlang und findet sich zurecht. Auf der Bank neben seiner Gebietstür sitzen acht Leute, drei Leute stehen. Die Leute, die vor der Nachbartür warten, vielleicht warten sie auch vor Koschkos Tür, man sieht es keinem an, zu welchem Gebiet er gehört, der Korridor ist eng, der Abstand zwischen den Türen gering, Koschko weiß nicht, wie er warten soll.

Koschko muß in die Gesichter hineinfragen, wer der Letzte für diese Tür ist. Als der Nächste eingelassen wird, sieht Koschko auf die Uhr, es vergehen genau neun Minuten, bis er ihn wiedersieht. Noch neunzig Minuten ungefähr. Aber die Nächste bleibt länger, als Koschko ihr zugesteht, Koschko wartet.

Warten, denkt Koschko. Die Wartenden sprechen nicht miteinander. Nur ein Kind spricht auf seine Mutter ein, dann läuft es den Korridor entlang, die Mutter kann nicht hinterherlaufen, sie ist die Nächste, laut hinter dem Kind herrufen, möchte sie nicht, die Gesichter der Wartenden vor allen Türen.

Achtzig Minuten muß Koschko warten. Das ging noch, sagte er.

Koschkos Antrag wurde beiläufig entgegengenommen. Seit vier Monaten in Berlin, und dann schon ein eigenes Leerzimmer? Das sei gar nicht schlecht. Schwer vermietbar, nicht zu heizen? Das hätte man bei ganzen Wohnungen, da müßten Familien drin wohnen. Und überhaupt. Es gäbe Familien, die hätten noch nicht mal so was. Um die ginge es in erster Linie. Zum Beispiel der Mann in Berlin, das hab ich gehabt, die Frau in Jüterbog, und das Kind im Heim, bloß, weil sie keine Wohnung kriegten. Mit vier, fünf Jahren müsse Koschko schon rechnen, und höchstens eine Einzimmerwohnung.

Koschko sagte, er könne ein Befürwortungsschreiben seines Betriebes mitbringen, beim nächsten Mal.

Gott, schaden kann's nicht, sagte die Angestellte.

Juca lebte mit sonstwem oder mit Koschko. Nie hätte sie unerfragten Ansichten über ihr Leben mit Koschko zugehört. Und sie fragte auch niemanden.

Daß die meisten Leute zu einer Behörde gehen, um sich ihr Leben mit dem oder dem beglaubigen zu lassen, fand Juca unsinnig.

Es genügt, daß sie miteinander leben, sagte Juca. Die praktischen Erwägungen meiner Freunde beweisen nur, daß ich praktische Freunde habe.

Juca mochte es nicht, daß Leute beglaubigte Bünde schließen, weil sie Wohnungen brauchen.

Daß sie es müssen, damit sie Wohnungen kriegen, sagten Jucas Freunde.

Juca war höchstens gleichgültig, als Koschko einen Vorschlag machte. Dieses Zugeständnis der Gleichgültigkeit hatte Koschko nicht erwartet. Er schrieb es Jucas Einsicht in praktische Zwänge zu, daß sie nicht über ihn lachte und Nein, nein sagte.

Koschko wußte, daß vernünftige Freunde mit Juca gesprochen hatten, ohne Koschkos Absicht, wirklich aus Zufall.

Es war einfach Jucas Gleichgültigkeit. Sie nahm es nicht so ernst, wie Koschko es meinte. Und Koschko hatte nichts weiter gesagt. Er kannte Juca. Er wußte, daß Juca ihn nach Berlin zurückgeschickt hätte an diesem Wochenende. Juca hatte das Gefühl, Koschko wolle es gut meinen, unbeholfen.

Juca noch gleichgültig, aber überrascht, als Koschko schrieb, vonnöten sei eine Urkunde, die Jucas Geburt bestätigt. Erledigungen. Für Juca Tätigkeiten, an denen sie nicht teilnimmt: die Ladentür, der Einkaufskorb, Milch, Zucker, Brot, Bier etc., die Schlangen an der Kasse, dort Kaffee, Zigaretten.

Dann: An allen Wänden Stühle, auf dem Tisch in der Mitte alte Illustrierte, die Seiten eingerissen, zwei Stühle noch frei, Juca nimmt ein Buch aus ihrer Tasche. Unerwartet der Satz des Nachbars, der nach ihr gekommen ist, Jetzt Sie!

Als Juca aufsieht, erkennt sie niemanden wieder.

Phil schreibt nur Karten, warum hat er nicht angerufen, Heutzutage ist alle Welt auf Reisen, auch ich bin fort aus Berlin. Das ist seine Antwort.

Ich lese die Karte und sage, Und Janina?

Uz sagt, Du mußt warten. Es ist das einzige, was du tun kannst.

Krista Maria Schädlich

Über den Versuch, einen Autor zu verhindern, und die Rekonstruktion eines Romans

Der Fund

Im Jahr 2014 beauftragte mich der Rowohlt Verlag mit der Herausgabe eines Bandes, der verstreut publizierte und noch unveröffentlichte Erzählungen von Hans Joachim Schädlich sammeln sollte. Die Veröffentlichung dieses Bandes war für 2015 im Rahmen der Schädlich-Werkausgabe als Band IX vorgesehen. Da ich als Lektorin für die im Jahr 1995 im Verlag Marion von Schröder erschienene Anthologie »›Nach zwanzig Seiten waren alle Helden tot‹. Erste Schreibversuche deutscher Schriftsteller«, herausgegeben von Karl Corino und Elisabeth Albertsen, verantwortlich gewesen war, wusste ich, dass dieses Buch auch einen Text von Hans Joachim Schädlich enthielt, der jetzt den Band der Werkausgabe komplettieren sollte.

Diesem Text, der in den Siebzigerjahren in der DDR geschrieben wurde und der in der Bundesrepublik unter dem Titel »... und am Ende ist es umsonst« erschien, hatte Hans Joachim Schädlich eine Vorbemerkung beigegeben, die mit dem Satz aus einem Brief von 1973 an den Lektor des Hinstorff Verlages, Heinrich Ehlers, endet: »Als der Text circa 60 Seiten umfaßte, habe ich die Arbeit ganz aufgegeben.«

Dieser letzte Satz alarmierte mich. Das, was in der oben erwähnten Anthologie zu lesen ist, umfasste etwa 21 Druckseiten, weit weniger als die erwähnten 60 Manuskriptseiten.

Was war aus den restlichen Seiten geworden?

Augenblicklich sah ich nach mehr als 40 Jahren einen grünen Aktendeckel im Arbeitszimmer meines damals noch nicht damaligen Mannes ganz unten im Leiterregal liegen, links von seinem Schreibtisch, darin die Seiten zu einem Buch, das Hans Joachim Schädlich und ich »Catt« nannten. Und ich sah die Dicke des Ordners. 60 Seiten, das konnte stimmen.

Als ich Hans Joachim Schädlich nach dem Verbleib der Seiten fragte, antwortete er zunächst mit einem Achselzucken – das sei zu lange her, hörte ich.

Da aber das Deutsche Literaturarchiv in Marbach den sogenannten Vorlass von ihm aufbewahrt, lag die Vermutung nahe, dass diese Seiten, wenn sie nicht aufgrund der Lebensumstände verloren gegangen waren, sich dort befinden mussten. Tatsächlich bekam Hans Joachim Schädlich auf seine Anfrage eine positive Antwort, und wenig später erreichten ihn Kopien des gesamten Materials inklusive Skizzen und Entwürfe. Jetzt konnten sowohl er als auch ich mit dem Abstand der Jahre die Seiten dieses Romanvorhabens nicht nur lesen, sondern auch auf seine literarische Qualität und Gültigkeit prüfen.

Als ich mir sicher war, dass ich es mit einem Text zu tun hatte, der nicht aus Gründen anderer Vorhaben oder wegen eines persönlichen Unbehagens hinsichtlich der literarischen Bewältigung nach 60 Seiten weggelegt worden war, wollte ich dieses verschollene und vergessene, wenn auch unfertige, dennoch Aufschluss bietende Romanfragment nicht in dem vorgesehenen Erzählungsband der Werkausgabe veröffentlichen. Ich wollte den Text nicht der Gefahr aussetzen, zwar als veröffentlicht zu gelten, aber auf andere Weise, als es die DDR-Verlage beabsichtigt hatten, unterzugehen.

Also entwickelte ich die Idee, ein Buch herauszubringen, das eine Ahnung von dem Roman *und* einen Einblick in die »Verbiegungen« vermittelt, die die DDR von einem Schriftsteller, wenn er verlegt zu werden wünschte, gefordert hat.

Um das Vorhaben zu realisieren, benötigte ich zusätzlich zu den Textseiten Einblick in die Korrespondenz, die Hans Joachim Schädlich von Oktober 1971 bis Herbst 1976 mit dem Hinstorff Verlag in Rostock geführt hat. Auch dieser Schriftwechsel fand sich in Marbach. Im Besitz des das ganze Vorhaben betreffenden Materials konnte ich die Buchidee dem Verbrecher Verlag vortragen. Diesem Verlag ist es zu verdanken, dass dieses Romanfragment nun endlich eine Öffentlichkeit findet.

Die Rekonstruktion

Die mit Schreibmaschine getippten Seiten in den Händen zu haben, war das eine, aus den Seiten den Roman zu rekonstruieren, wie ihn sich Hans Joachim Schädlich damals gedacht hatte und wie er dem Hinstorff Verlag angeboten worden war, das andere. Denn eines stand für mich schnell fest: Die in der 1995 erschienenen Anthologie abgedruckten Seiten hatten dem Lektor des Hinstorff Verlages nicht in dieser Reihenfolge oder Aneinanderreihung vorgelegen.

Handschriftliche Notizen in dem Marburger Material nennen die verschiedenen Ebenen des Romans wie folgt:

1. Catt. Erste Ebene
2. Janina. *Zweite Ebene*
3. Alltag von Catt. *Erste Ebene, Erste und zweite Ebene kombiniert*
4. Suche nach Janina im Alltag von Catt. *Zweite Ebene, Erste und zweite Ebene kombiniert*
5. Die Geschichte von Juca und Koschko, von Catt aufgeschrieben

Damit war zwar noch nichts über den Aufbau des Romans gesagt, über die Abfolge der Seiten aber brachte der Schriftwechsel mit dem Hinstorff Verlag Aufschluss.

Am 28. September 1972 kündigt Hans Joachim Schädlich dem damaligen Verlagsleiter Kurt Batt die erste Sendung einer Geschichte an. Da dieser Brief nicht als Exposé, sondern als Erklärung des Geschriebenen zu betrachten ist, finden sich hier bereits direkte Hinweise zum Aufbau des Romans:

»Es ist der Anfang einer größeren Geschichte, von der schon einiges da ist. Eine junge Frau, die nicht immer Taxifahrerin war, ist auf der Suche nach einer Freundin, von der sie seit einiger Zeit nichts mehr hört. Über ihre Nachforschungen macht sie sich ausführliche Notizen. Sie werden unterbrochen von Notizen, die ihren Alltag, ihre Umgebung, ihre Arbeit betreffen. Mit ihrem Freund Uz kann sie alles besprechen. Wie Uz, der noch gar nicht festlegbar ist, wird auch die Taxifahrerin erst später festlegbar. Uz und Catt haben viele Bekannte, aber gute Bekannte hat jeder nur zwei: Catt hat Quantz und dessen Freundin Napoleon; Uz hat Scriba und dessen Freundin Louise. Die drei Bereiche: Catt–Uz, Alltag des Taxifahrerberufs und Nachforschungen über Janina wechseln ständig – das entspricht dem sporadischen Charakter der

Aufzeichnungen; Catt hat wenig Zeit. Es wäre zu überlegen, ob die drei Bereiche jeweils über einen längeren Abschnitt hinweg dargestellt werden sollten. Mir ist momentan der Wechsel lieber.

Später wird in diesem Ablauf eine andere Geschichte eingeführt, an der Catt schon früher gearbeitet hat und die sie nur unter Schwierigkeiten zu Ende bringt. Die Nachforschungen, die sie über Janina anstellt, scheinen ihr Material für eine neue Geschichte zu bieten.«

Am 19. Oktober 1972 antwortet Kurt Batt: »Die Lektüre – wenn ich einmal ganz naiv urteilen darf – machte über Strecken Spaß, allerdings bleibt mir einiges verschlossen. Darüber wäre zu reden, überhaupt über die Gesamtanlage, von der ich offenbar zu wenig weiß«, und kündigt an, dass sich in Zukunft der Lektor Heinrich Ehlers mit dem Manuskript beschäftigen werde.

Einen knappen Monat später meldet sich dieser bei Hans Joachim Schädlich: »Mein erster Eindruck, den ich Ihnen mitteilen soll (etwas verspätet leider), ist von der Art, daß ich mit dem Manuskript zu tun haben möchte. Ich habe das Dr. Batt unüblicherweise gleich gesagt. Soweit ich es nach den wenigen ersten Seiten übersehen kann, wird es indessen ein schwieriges, wenn auch lohnendes Ding werden, von dem Sie keineswegs lassen sollten. Ihre Vermutung, daß Sie eventuell längere, zusammenhängende Abschnitte bringen sollten, möchte ich bestätigen, und das einfach schon aus dem Grunde, daß es sich hier nicht mehr um Skizze und Short Story, sondern offensichtlich um eine größere Erzählung handelt, die sich sogar romanartig einführt – der Leser würde nur zögernd folgen, wenn man ihm zu kleine Bissen gäbe. Dazu noch eins: ich habe gewiß aufmerksam gelesen (zunächst natürlich ohne Ihren Begleitbrief) und gewiß mehr gesucht, als selbst der bessere Buchverkäufer im allgemeinen auf Anhieb unternimmt, und doch habe ich erst gegen Ende bemerkt, daß Ihr Medium Catt dies nicht mehr alles unmittelbar erlebt und betrachtet, sondern als Aufgeschriebenes schon fertig wieder von sich gibt (die Anspielung auf Seite 4 habe ich überlesen, das werden andere auch tun). Was mit Janina wird, weiß ich nicht, doch es scheint mir, daß es Ihnen um Welt und innere Landschaft der Erzählerin geht und daß Sie das Realgeschehen, in dem die Nebenfiguren stehen, gar nicht weit zu verfolgen beabsichtigen. Bei ihr aber stieß ich auf ein Problem, mit dem man sich wirklich eine ganze große Erzählung hindurch beschäftigen möchte: das Gebrauchtwerden-ohne-etwas-davon-zu-haben, und in seinem Bewußtsein z. B. eine Abneigung gegenüber emotionalem Beat und eine Vorliebe für Vivaldi, also: großes, feuriges, aber scharf und distanziert zeichnendes Temperament. Sie sehen, der ›erste Eindruck‹ war nicht in zwei Worte zu fassen, und es gab auch sogleich Fragen: wird das, was Sie im Sinne haben, verstanden – oder ist das, was verstanden wird, dasjenige, was Sie im Sinne haben.«

Am 24. Januar 1973 bringt Hans Joachim Schädlich eine weitere Sendung auf den Weg und geht in dem Begleitbrief an Heinrich Ehlers erneut auf die Anordnung ein, macht sogar Vorschläge, wie er sich die optische Darstellung des Textes bzw. der Notizen, die Catt während ihrer Wartezeiten als Taxifahrerin aufschreibt, vorstellt:

»Die Seiten, die ich Ihnen schicke, setzen den ersten Teil direkt fort. Ich weiß nicht, ob erkennbar wird, daß zwischen zwei Beobachtungsebenen unterschieden werden soll: erstens mehr oder weniger zufällige Beobachtungen aus dem Arbeitsalltag und der unmittelbaren Umgebung von Catt (diese Notizen, die der Erzählerin irgendwie wichtig sind, könnte man sich in Kleinschreibung vorstellen); zweitens alles, was indirekt oder direkt mit den Nachforschungen über Janinas Verbleib zu tun hat. Dies bildet den eigentlichen Kern der Gegenwartshandlung und wird von den Alltagsnotizen Catts nur verstellt.

Wahrscheinlich ist die ganze Geschichte auch jetzt noch nicht klarer, aber das kann (und soll) sie auch gar nicht sein.«

In einem Brief vom 1. Juni 1973 an Hans Joachim Schädlich schlägt Heinrich Ehlers ein persönliches Treffen am 20. Juni vor, bei dem auch der Cheflektor zugegen sein soll. In diesem Brief heißt es:

»... Ich habe hier Ihre Erzählungen und 2 Sendungen von Uz, die sich m. E., ich sah das bei der 1. Sendung nicht, kaum als Buch realisieren lässt, wo auch immer, wenigstens nicht mit der Konzeption, wie sie jetzt deutlich wird. Dies vorweg, ehrlicherweise.«

Ein halbes Jahr später, am 9. Dezember 1973, schreibt Hans Joachim Schädlich dann erneut an Heinrich Ehlers. In dem Brief findet sich auch der Halbsatz, mit dem Hans Joachim Schädlich später seine Geschichte in der bei Marion von Schröder erschienenen Anthologie überschrieb und der zugleich deutlich macht, wie sehr inzwischen die Hoffnung auf eine Realisierung seines Romanvorhabens geschwunden ist:

»In die Catt-Geschichte habe ich mich wahrscheinlich schon zu weit verrannt. Trotz der Bedenkzeit, die ich eingelegt hatte nach unserem Gespräch, komme ich auf keinen anderen Gedanken. Es bleibt mir wohl nichts anderes übrig, als weiterzumachen, wie ich es Ihnen angezeigt hatte, *und am Ende ist es umsonst* [Hervorhebung KMS]. Oder ich gebe die Geschichte ganz auf, solange noch Zeit dazu ist. Aber eine vergebliche Geschichte aufzugeben, ist beinahe schwieriger, als eine vergebliche Geschichte zu Ende zu bringen. Wenn ein genügend erkennbarer Text da ist, schicke ich ihn.«

Noch ein letztes Mal äußert sich Hans Joachim Schädlich in einem Brief an den Hinstorff Verlag zu »Catt«. Am 2. April 1974 schreibt er an Heinrich Ehlers:

»Ihr Brief ist entscheidend für mich. Ich übertreibe nicht. Die *Catt*-Geschichte hat mich mehr und mehr in die Enge getrieben:

ich wußte allmählich genau, daß sie mir jede Aussicht nimmt, so gerne ich mich damit beschäftigt habe. Da auch die anderen Geschichten keine Chance zu haben scheinen, war ich an einem Punkte angekommen, wo ich nur noch gegen mich selber arbeiten konnte. Ein höchst deprimierender Zustand. ... Die *Catt*-Geschichte lege ich fort, wer weiß, was einmal daraus wird.«

Diese zitierten Briefstellen sind ein Vorgriff auf das bewusste Verwirrspiel, das der Hinstorff Verlag sechs Jahre lang mit Hans Joachim Schädlich treiben sollte, auch wenn Judith Mach, die die Korrespondenz mit dem Hinstorff Verlag in einem kleinen Artikel ausgewertet hat, zu der Schlussfolgerung kommt: »Die Briefe aus dem Vorlass zeigen einerseits, dass der Verlag den Literatur-Vorstellungen des DDR-Regimes verpflichtet war und Schädlichs Werk deswegen politisch entschärft sehen wollte, um die Veröffentlichung zu erleichtern. Andererseits muss aber auch betont werden, dass hier engagierte Lektoren mit einem vielversprechenden Autor arbeiten wollten.« (Judith Mach: »Und verschwenden Sie sich nicht«. Die Korrespondenz Hans Joachim Schädlichs mit dem Hinstorff Verlag. In: Ulrich von Bühlow, Sabine Wolf (Hg.), DDR-Literatur. Eine Archivexpedition. Berlin, Christoph Links Verlag, 2014, S. 158–161).

Man muss in der DDR gelebt haben, um zu wissen, dass der Verlag nicht nur Angst hatte, sich mit der Förderung dieses Textes in die Schusslinie der Kulturpolitik zu begeben, sondern auch – ganz im Sinne der offiziellen politischen Linie – bestrebt war, einen Autor durch gezielte Hinhaltetaktik so weit zu entmutigen, dass er seine Bemühungen um eine Veröffentlichung als aussichtslos empfinden musste und sein Schreiben aufgab, mit anderen Worten: die Waffen streckte.

Für Hans Joachim Schädlich und mich hatten diese Zeilen, auch wenn sie uns schmerzlich in die zermürbenden Jahre zurückkatapultierten, ein positives Ergebnis: Wir wussten nun ungefähr, mit welchem Material sich der Hinstorff Verlag beschäftigt und wie sich der Autor den Ablauf seines Romans damals vorgestellt hatte – als eine Mischung aus den oben angeführten Ebenen und nicht als fortlaufenden Text einer bestimmten Ebene, wie er in der Anthologie, die im Marion von Schröder Verlag erschienen ist, vorgestellt wurde.

Anhand dieser Hinweise haben wir die Textstellen geordnet, neu zusammengefügt und versucht, dem ursprünglichen Ablauf, der Vermischung der Ebenen so nah wie möglich zu kommen. Nach der jetzt vorgenommenen Anordnung des Handlungsablaufs meinte Hans Joachim Schädlich: So wird es gewesen sein.

Berlin-Wilhelmshagen, Frankenbergstraße

Nach Beendigung meines Studiums an der Friedrich-Schiller-Universität in Jena konnte ich mit unserer ersten gemeinsamen Tochter Susanne – sie war zwei Jahre alt – 1967 nach Berlin ziehen, weil ich verheiratet war, mein Mann an der Akademie der Wissenschaften arbeitete und ich eine Anstellung im Aufbau-Verlag gefunden hatte. Alle Beschränkungen, die für einen Zuzug nach Berlin bestanden, griffen deshalb nicht.

Nach kurzem Intermezzo in einer Zweizimmerwohnung in Berlin-Schöneweide konnten wir unsere Wohnsituation durch einen sogenannten Ringtausch in eine Dreizimmerwohnung in Wilhelmshagen verbessern. Wir lebten nun im Grünen am Rande der Stadt. Den langen Weg zum Verlag, täglich fast eine Dreiviertelstunde S-Bahnfahrt bis Friedrichstraße, nahm ich gerne in Kauf.

Der Zufall wollte es, dass in Wilhelmshagen, fast um die Ecke, mein Studienfreund Bernd Jentzsch wohnte, der zwei Jahre zuvor in Jena seinen Abschluss gemacht hatte. Bernd Jentzsch war Lektor im Verlag Neues Leben, Herausgeber der Lyrikreihe »Poesiealbum« und ein Dichter. Hans Joachim Schädlich arbeitete damals als Linguist an der Akademie der Wissenschaften. Seine literarischen Ambitionen waren bei den vielen abendlichen Treffen bei den Jentzschs, als auch er und Bernd Jentzsch Freunde wurden, kein Thema.

Ich erinnere mich gut an den Abend, als mein Mann mir einige Seiten gab und mich bat, sie zu lesen. Es handelte sich um die Erzählung »Lebenszeichen«.

Ich machte mich gänzlich unvorbereitet an die Lektüre und erkannte: Diesen Text hat ein Schriftsteller geschrieben, und nicht einer, der ein Schriftsteller werden würde.

Bei meiner ersten Begegnung mit der schriftstellerischen Arbeit von Hans Joachim Schädlich war ich 25 Jahre alt, hatte noch wenig Berufserfahrung als Lektorin, war ein Greenhorn, und trotzdem: Ich begriff sofort, welche Kraft und welches literarische Potential in dieser Arbeit steckten.

Ich teilte meinem Mann meine Einschätzung mit. Klar war mir aber auch, dass hier etwas im Entstehen begriffen war, das in DDR-Verlagen, die abhängig waren von der Druckgenehmigung durch die Hauptverwaltung Verlage und Buchhandel, der obersten Zensurbehörde, auf Widerstand stoßen würde.

Auf dem 11. Plenum des ZK der SED Ende 1965 hatte Erich Honecker die »schädlichen Tendenzen« im Kulturbereich kritisiert. In seiner Rede bezichtigte er gewisse Kulturschaffende des »Nihilismus«, »Skeptizismus« und der »Pornografie«. Nach der kurzen »Tauwetterperiode«, die auf das 6. Plenum des ZK 1963 gefolgt war, brach nun eine neue kulturpolitische Eiszeit an.

Wie Brigitte Reimann in ihrem Tagebuch am 16. Dezember 1965 geschrieben hatte, war »die Katze aus dem Sack gelassen: die Schriftsteller sind schuld an der sittlichen Verrohung der Jugend. Destruktive Kunstwerke, brutale Darstellungen, westlicher Einfluß, Sexualorgien, weiß der Teufel was – und natürlich die böse Lust am Zweifeln. Die Schriftsteller stehen meckernd abseits, während unsere braven Werktätigen den Sozialismus aufbauen.«

In der Folge waren Filme wie »Das Kaninchen bin ich« von Kurt Maetzig (nach dem Roman von Manfred Bieler »Maria Morzeck oder Das Kaninchen bin ich«), »Denk bloß nicht, ich heule« von Frank Vogel (Drehbuch: Manfred Freitag und Joachim Nestler), »Karla« von Hermann Zschoche (Drehbuch: Ulrich Plenzdorf) und »Berlin um die Ecke« (Regie: Gerhard Klein, Drehbuch: Wolfgang Kohlhaase) verboten worden. Das bekannteste Beispiel dieser »Keller- oder Kaninchenfilme« war »Spur der Steine« von Frank Beyer nach einem Roman von Erik Neutsch, ein Klassiker heute, mit einem grandiosen Manfred Krug. Doch nicht nur die Filmindustrie war betroffen, auch andere Künstler und Kulturschaffende hatten mit Restriktionen zu kämpfen:

Wolf Biermann hatte seit 1965 Auftritts- und Publikationsverbot, und Stefan Heym hatte keine Druckgenehmigung für seinen Roman »Der Tag X« – erst 1974 im Bertelsmann Verlag unter dem Titel »5 Tage im Juni« erschienen – bekommen.

An dieser harten Linie hatte sich bis zu dem Zeitpunkt, als Hans Joachim Schädlich mit dem Schreiben begann, nichts geändert.

Nach der Niederschlagung des »Sozialismus mit menschlichem Antlitz« 1968 in Prag durch sowjetische Truppen und ihre Verbündeten, die nicht nur in der westlichen Welt, sondern auch in der DDR große Empörung hervorrief, waren die staatlichen Medien, allen voran das Zentralorgan der SED Neues Deutschland, voll von Solidaritätserklärungen, die ihre Verbundenheit mit dem

Einmarsch zum Ausdruck brachten. In Betrieben wurden Listen ausgelegt, in die sich jeder Einzelne mit der Begrüßung des »Einmarsches der Truppen des Warschauer Paktes« – allerdings ohne Beteiligung der Nationalen Volksarmee, sie war an der Grenze zur Tschechoslowakei zurückgeblieben – einzutragen hatte. Auch im Aufbau-Verlag, in dem ich arbeitete. Aber der Parteisekretär, ein geschätzter Lektor, wollte den Einmarsch nicht begrüßen und wurde kurzerhand entlassen. Die Solidarisierung einiger Lektoren, zu denen auch ich gehörte, mit ihm hatte zur Folge, dass uns ein Arbeitsangebot in Weimar unterbreitet wurde, was keiner annehmen konnte oder wollte, weil die Familien in Berlin verankert waren. Umstrukturierung hieß das, zu Deutsch: Wir waren entlassen. Ein Jahr hatten wir Zeit, uns eine neue Arbeit in Berlin zu suchen. Unsere Arbeitsmaterialien wurden verpackt, und wir hatten in den Monaten nichts anderes zu tun, als im Verlag zu sitzen und die Zeit totzuschlagen. Ich fand schließlich Arbeit als Lektorin für Gegenwartsdramatik im Henschel Verlag.

Im Mai 1971 wurde Walter Ulbricht als Staatsratsvorsitzender abgesetzt und Erich Honecker als sein Nachfolger eingesetzt. Im Dezember 1971 sorgte dessen Äußerung: »Wenn man von der festen Position des Sozialismus ausgeht, kann es meines Erachtens auf dem Gebiet von Kunst und Literatur keine Tabus geben; das betrifft sowohl die Fragen der inhaltlichen Gestaltung als auch des Stils«, unter den Kunstschaffenden für Hoffnung, weil sie als neue Freiheit für Kunst und Literatur missdeutet wurde.

Genau in dieser Zeit kam von Bernd Jentzsch der Vorschlag, sich für Hans Joachim Schädlich bei dem Cheflektor des Hinstorff Verlags, Kurt Batt, einzusetzen. Bernd Jentzsch, der mittlerweile die bis dahin entstandenen Texte von Hans Joachim Schädlich kannte, sah in diesem Verlag, der in Rostock ansässig war und unter

Autoren als experimentierfreudig galt, eine Möglichkeit für die Publikation der Geschichten.

Bereits am 29. Oktober 1971 wendet sich Kurt Batt unter Bezugnahme auf Bernd Jentzsch an Hans Joachim Schädlich mit der Bitte, ihm Arbeiten zu schicken.

Hocherfreut antwortet Schädlich Kurt Batt und schickt ihm postwendend die Geschichten »Schattenbehälter«, »Lebenszeichen«, »Nirgend ein Ort«, »Unstet und flüchtig« und »Komm, mein Geliebter, gehn wir aufs Land und nächtigen in den Dörfern« zu.

Er schreibt: »... Ich bin mir durchaus bewußt, daß ich noch an den Texten arbeiten muß, aber ich verschweige Ihnen nicht, daß ich mich unsicher fühle. Aber Bernd Jentzsch hat mich ermutigt, die Texte aus der Hand zu geben, und ich glaube, daß ich am ehesten weiterkomme, wenn ich mich der Diskussion stelle und mir die Arbeiten dann wieder vornehme.«

Am 19. November 1971 erhält er Antwort von Kurt Batt: »... ›Komm, mein Geliebter‹ (worüber im einzelnen noch zu sprechen wäre) ist frisch, ungewöhnlich, gut beobachtet, keinen Mustern verpflichtet (bei »Unstet und flüchtig« fällt einem natürlich gleich Heißenbüttel ein), und die Lektüre macht Spaß im doppelten Sinne. Texte dieser Richtung würden mich am meisten interessieren«, und schlägt ein Treffen am 1. Dezember vor, zu dem es aber nicht kommen wird.

Von diesem Zeitpunkt an hat Batt die Texte von Hans Joachim Schädlich der Lektorin Cinna Gehrke übergeben, die sich in ihren Briefen bis 1972 als selbst von den Entscheidungen der Verlagsleitung enttäuschte Übermittlerin von Ablehnungen darstellen wird – in Wirklichkeit hatte die Strategie der Verhinderung eines Autors durch Hoffnung, Enttäuschung, Desillusionierung seinen

Anfang genommen. Bis zu seinem frühen Tod im Jahr 1975 wird sich Kurt Batt in größeren Abständen zu Wort melden und den Eindruck vermitteln, es bestehe weiterhin Interesse an einer Veröffentlichung der Texte.

Bernd Jentzsch, dem der Kontakt zu Hinstorff zu verdanken ist, hat Hans Joachim Schädlich gestattet, den Text »Der andere Blick. Kleine Geschichte des Versuchs, in der DDR Prosa zu veröffentlichen« in dem gleichnamigen, bei Rowohlt 1995 erschienenen Band um eine Textpassage zu ergänzen:

Bernd Jentzsch schreibt dort: »... Kurt Batt bedeutete mir, nachdem er Deine Texte gelesen hatte, daß es eine politische Zumutung meinerseits sei, ihm so etwas zu zeigen und für den Druck vorzuschlagen. Das muß er ernsthaft gemeint haben, denn er kam bei zwei Begegnungen ziemlich aufgebracht darauf zurück. Schließlich, denn Euer Kontakt kam ja nur stufenweise zustande, verbot er mir (ich machte, wie Du vielleicht noch weißt, einen zweiten Anlauf bei ihm), ihm Texte von Dir zu schicken. Das ging so weit, daß unsere Freundschaft an einem Haar hing. Er hatte das Gefühl (und äußerte es sehr wortreich und konkret), ich beschädigte mit Deinen Texten den Stuhl, auf dem er saß, wissentlich. Ich habe K. B. zweimal wütend gesehen; einmal deshalb. Es endete mit dem Verbot, ihm Neues von Dir und über Dich mitzuteilen ...«

Umso verwirrender mutet die von Cinna Gehrke in einem Brief vom 28. Februar 1972 in Aussicht gestellte Veröffentlichung der Geschichte »Komm, mein Geliebter, wir nächtigen in den Dörfern« in einer Gemeinschaftsanthologie mit dem Mitteldeutschen Verlag an. Zwar mangele es »der Hauptfigur noch ein wenig an sozialer Determiniertheit«, schreibt sie, und: »Von den anderen Geschichten käme – allerdings mit etwas Überarbeitung – noch ›Schattenbehälter‹ in Frage. ›Unstet und flüchtig‹ ist zwar sprachlich sehr reizvoll, aber doch wohl für ein sehr kleines Publikum, das ähnliches kennt, ›Nirgend ein Ort‹ als Anatomie eines Mordes doch bestimmten Klischees ein wenig nahe, und ›Lebenszeichen‹ beschwört Vergleiche herauf, die nicht wünschenswert sind.«

»Welche?«, fragt Hans Joachim Schädlich in »Der andere Blick« und vermutet: »Offenbar hatte man nicht bemerkt, dass die Uniformen des Wachregiments ›Dzierzyński‹ beschrieben waren ... Es wurde vermutlich befürchtet, vom kaiserlich-preußischen Wachaufzug könne auf den Wachaufzug des Staatssicherheitsdienstes, der tatsächlich irgendwie beschrieben war, geschlossen werden.«

»Lebenszeichen« ist 1977 in dem Band »Versuchte Nähe« im Rowohlt Verlag erschienen.

Trotz der Einwände Cinna Gehrkes gegen die Geschichten war die Hoffnung Hans Joachim Schädlichs auf eine Zusammenarbeit aber noch nicht gänzlich erschüttert, und es folgen Briefe, in denen er sich mit den Verbesserungsvorschlägen auseinandersetzt. Uneinigkeit herrscht bei dem letzten Satz der Geschichte, die für die Gemeinschaftsanthologie vorgeschlagen war. Cinna Gehrke erscheint der Schluss »ein wenig zu provokativ. Er deutet auf künftige Verwicklungen, die verschwiegen werden müssen, weil in dieser Geschichte einfach nicht mehr gesagt werden darf, es sei denn, sie ginge noch weiter oder ganz anders aus. Ich weiß nicht, ob man dafür setzen könnte: ›Aber es war gar nicht Janko, irgend jemand hatte eine falsche Nummer gewählt‹ oder auch: ›Kann mich mal, nehme einfach nicht ab.‹ Vielleicht fällt Ihnen etwas viel Schöneres ein, etwas, das in Beziehung stehen könnte zur Ärztin oder zur Mutter von Antje, ohne daß dazu noch große Erklärungen notwendig sind.«

Im Mai 1972 schließlich schreibt Hans Joachim Schädlich nach einem Besuch in Rostock, dass er sich zu keiner »Verdeutlichung« entschließen wolle.

Nach der Absage von Dr. Zeißler, dem Chef der Zeitschrift Sinn und Form, eine Geschichte mit dem Titel »Unstet und flüchtig« zu veröffentlichen, und nachdem auch Joachim Walter, der dieselbe Geschichte in eine Anthologie, die im Buchverlag Der Morgen erscheinen sollte, aufnehmen wollte, am Lektorat gescheitert war, blieb die Gemeinschaftsanthologie des Mitteldeutschen und Hinstorff Verlags die einzige Möglichkeit für Hans Joachim Schädlich, als Autor in der DDR in Erscheinung zu treten.

Doch auch das Erscheinen der Anthologie zieht sich hin: Mal hat die entscheidende Sitzung noch nicht stattgefunden, dann steht das Erscheinungsjahr nicht fest, doch Cinna Gehrke übermittelt ihre Hoffnung auf eine bindende Zusage und bestärkt den Autor in dem Glauben, im Verlag auf offene Ohren zu stoßen.

Dieser Glaube wurde bekräftigt, als Kurt Batt, nachdem Hans Joachim Schädlich die ersten Seiten seines Romans »Catt« an den Cheflektor geschickt hat, noch einen weiteren Lektor als Gesprächspartner hinzuzieht: Heinrich Ehlers. Ehlers, selbst Schriftsteller, zeigt sich interessiert, lobt, deutet Schwierigkeiten an, die als Hürde dem schriftstellerischen Talent, das es zu fördern gelte, im Weg stehen könnten. Mit Ehlers kommt es bis zu dessen Ausscheiden aus dem Verlag zu einem regen, freundschaftlich anmutenden Austausch.

Nachdem im Oktober Hans Joachim Schädlich bei Cinna Gehrke nachgefragt hat, was aus der Anthologie geworden sei, erhält er am 12. Dezember 1972 von einem Dr. Schmidt die Auskunft, dass es immer noch keine Antwort gebe, aber: »Es bestehen jetzt gewisse Aussichten«. Im gleichen Atemzug bittet er Hans Joachim Schädlich, biografische Daten zu schicken, was der Autor tut, weil diese Aufforderung die Veröffentlichung in greifbare Nähe rückt.

Doch im April 1973 wird diese Aussicht in einem Brief von Kurt Batt endgültig zunichtegemacht. Darin heißt es: »Leider muß ich

Ihnen sagen – aber das hat wahrscheinlich schon Frau Gehrke getan –, daß das Herausgebergremium für die Anthologie Ihre Geschichte, auf die wir gesetzt hatten, nicht akzeptiert hat. Es tut mir aufrichtig leid. Auch wir waren enttäuscht, obgleich es den Autor natürlich in ganz anderer Weise trifft. Sobald Herr Ehlers zurück ist, werden wir Sie nach Rostock einladen. Vielleicht fällt uns gemeinsam ein Lösungsweg ein.«

Von der Ankündigung, die Geschichte werde in der Anthologie veröffentlicht, bis zu dieser Absage waren ein Jahr und zwei Monate ins Land gegangen – eine Zeit voller Hoffnungen, Vertröstungen, Verabredungen mit festen Terminen, die allerdings wegen Krankheit oder anderweitiger Verhinderung kurzerhand abgesagt wurden, aber man melde sich, bleibe in Kontakt. Trotzdem veranlasste das den Autor noch nicht, seine Bemühungen aufzugeben. Er sah in den scheinbaren Anstrengungen des Verlages, vertreten durch die einzelnen Lektoren, ein ernstes Interesse an seiner Arbeit.

Hans Joachim Schädlich dankt also in einem Brief vom Ende desselben Monats für die »tröstenden Worte« und schickt Erzählungen wie »Himly & Himly«, ferner gegen Ende des Jahres, nach der Enttäuschung und Irritation infolge des Briefwechsels mit Heinrich Ehlers über »Catt«, eine Geschichte mit dem Titel »Tante liebt Märchen« und schreibt: »Unterdessen gebe ich Ihnen eine (vielleicht nicht ganz ernste) Geschichte, die noch kein Ende hat.«

Am 17. Januar 1974 zeigt sich Ehlers begeistert: »Sie wissen welche Hoffnungen ich in bezug auf Ihre Produktion und die Zusammenarbeit mit Ihnen hege«, und am 29. März kommt er plötzlich mit einem Vorschlag, der Hans Joachim Schädlich erneut zuversichtlich stimmt: »Ich sehe ein Erzählungenbändchen mit Eigenarten auf uns zukommen, und ich will, daß das geschieht und ich bald so viel »Machbares« auf dem Tisch habe, daß ich das Objekt vorstellen und verteidigen kann. In dieser Hoffnung werde ich durch Kollegen bestärkt.«

Das Einverständnis des Verfassers vorausgesetzt, habe er die »Tante«-Geschichte für eine Debütanten-Anthologie vorgeschlagen: »Diesem Versuch ist bei der Vorstellung eines noch unbekannten Autors sicherlich mehr Chance vergönnt, denke ich, als der Hohelied-Story. Es wäre ein Ansatzpunkt für uns, und Sie wären durch das Wort ›Debütant‹ auch wohl nicht gekränkt.«

Nach der Ablehnung der Geschichte »Komm, mein Geliebter …«, dem fortgesetzten Vertrösten und der Entmutigung, was den »Catt«-Roman anging, war mit einem solchen Vorschlag kaum noch zu rechen gewesen. Die Freude Hans Joachim Schädlichs über einen eigenen von Herrn Ehlers in Aussicht gestellten Erzählungsband schlägt sich in dem folgenden Brief vom 2. April nieder: »… Ich bin Ihnen aus ganzem Herzen dankbar, daß Sie mich mit dem Projekt eines Erzählungsbändchens aus meiner Ecke herausgeholt haben. Ich war plötzlich wieder einmal froh, und das haben Sie gemacht. Es fügt sich auch zeitlich alles recht gut: im Mai beende ich eine größere Hausaufgabe fürs Institut und habe im 2. Halbjahr mehr Ruhe. Das will ich ausnutzen.

Daß Sie die Tante-Geschichte für eine Anthologie vorgeschlagen haben, finde ich sehr schön. Selbst wenn dieser Text nicht genommen wird, bin ich doch für die nächste Zeit zuversichtlich.

Wie ist es: kommt der eine oder andere Text, den Sie inzwischen haben, auch für das Projekt eines Erzählungsbändchens schon in Frage? Wieviel brauchen Sie, um ein solches Projekt vorstellen zu können? Wenn es nicht ungelegen für Sie kommt, würde ich in nächster Zeit gerne noch mal mit Ihnen in Rostock zusammentreffen. Ich werde Ihnen nicht den ganzen Tag nehmen, vielleicht zwei, drei Stunden. Aber ich könnte mich mit Ihnen über das *Machbare*

[Hervorhebung KMS] genauer verständigen. Ich könnte wohl auch einen neuen Text mitbringen, eine hoffentlich nicht zu abstrakte Geschichte über den Versuch, Zeit zu gewinnen. Mir wäre jeder Tag recht, im April, Mai, Juni.

Jedenfalls ich habe eine gute Zeit vor mir, und Sie sollen wissen, daß es nicht so wäre ohne Sie.«

Diese Korrespondenz mit dem Hinstorff-Verlag macht mich noch einmal zornig. Der Wunsch, in der DDR veröffentlicht zu werden, war so groß, dass Hans Joachim Schädlich sogar bereit war, mit seinem Lektor, der im Prinzip nur als verlängerter Arm der Verlagspolitik zu betrachten war, über das *Machbare* zu sprechen – ein im Grunde beschämendes Zugeständnis.

Zu jener Zeit war jedoch niemand in der Lage, sich vorzustellen, wie und was hinter den Kulissen verhandelt wurde, und die Äußerungen von Kurt Batt gegenüber Bernd Jentzsch waren Hans Joachim Schädlich und mir nicht bekannt. Dennoch: Die Lektoren des Hinstorff Verlages müssen sich den Vorwurf gefallen lassen, an der Zermürbungstaktik beteiligt gewesen zu sein.

Bei jedem Brief aus Rostock, bei jedem Vorschlag, sich zu treffen, miteinander zu reden, wuchs die Zuversicht, und bei der Absage der Treffen oder bei der Absage eines Vorhabens schwand sie. Hans Joachim Schädlich musste sich die Frage stellen, ob er nicht seine Zeit verschwende. Außer Bernd Jentzsch, mir und gelegentlich den Lektoren des Hinstorff Verlages hatten seine Geschichten keine Leser.

Köpenick, Rotkäppchenstraße, Märchenviertel

1973 war ich mit Einverständnis des Henschel Verlages an das Theaterwissenschaftliche Institut der Humboldt-Universität gewechselt, um im Rahmen einer Aspirantur meine Doktorarbeit zu schreiben. Die Aspirantur sah für die Arbeit und alle abzulegenden Prüfungen drei bis vier Jahre vor und garantierte mir den Erhalt der Stelle im Verlag, falls ich diese nach Abschluss der Promotion wünschte. Die monatliche Vergütung bestand in 600 Mark, nicht viel weniger, als ich im Verlag als Lektorin verdient hatte. Kurz nach Beginn der Aspirantur wurde unsere zweite Tochter Anna geboren, die Wohnung in Wilhelmshagen wurde wegen der Kinderfeindlichkeit unseres Vermieters für uns ungeeignet. Ein nächster Ringtausch stand an – die einzige Möglichkeit in der DDR, sich wohnlich zu verbessern.

Da eine Familie mit zwei Kindern Anspruch auf drei Zimmer hatte, war es ein glücklicher Zufall, dass zu der großzügigen »Dreiraumwohnung«, wie es im DDR-Jargon hieß, in einem Zweifamilienhaus mit Garten und herzlichen Vermietern, eine nicht als »Wohnraum« erfasste Veranda gehörte, die mein Arbeitszimmer wurde. Die Bemühungen um den Tausch standen an, als Bernd Jentzsch ein Besuchervisum für Westberlin erhielt, um als Herausgeber der Reihe »Poesiealbum« ein Enzensberger-Heft vorzubereiten. Bei diesem Besuch traf er spontan Günter Grass und trug ihm die Idee vor, Autoren aus Ost und West sollten sich in Ostberlin treffen, um einander Texte aus Manuskripten vorzulesen und darüber zu diskutieren. Grass antwortete mit einem Gegenbesuch am 28. Februar 1974 bei Bernd Jentzsch.

Im Vorfeld hatte uns Bernd Jentzsch von diesem Besuch erzählt, und wir hatten darum gebeten, hinzugerufen zu werden. Wir warteten. Es wurde Nachmittag, später Nachmittag, doch dann klingelte das Telefon. Hans Joachim Schädlich erinnert sich in einem Gespräch mit Wolfgang Müller, das in dem Buch »Der andere Blick« enthalten ist: »Da saßen allerlei Leute bei Jentzsch. Ich erinnere mich nur sehr deutlich an Günter Grass, dann an Reiner Kunze. Es waren da noch mehr Schriftsteller, die ich vergessen habe. Und da wurde den ganzen Abend lang heftig diskutiert. Am Ende sagte Grass, er hätte 'ne Idee. Die Leute, die jetzt hier so zusammenhocken, oder andere und welche aus dem Westen, könnten sich doch treffen in Ostberlin und Sachen vorlegen, an denen sie gerade arbeiten. Keine Kritiker, niemand anders, nur die. Ja, das fanden alle gut; waren ja auch mehr oder weniger isoliert.«

Ich weiß, dass Professor Wolfgang Heise, der in Berlin-Hessenwinkel wohnte, anwesend war, auch Sibylle Hentschke, Schwester der damaligen Lebensgefährtin von Grass und wie Bernd Jentzsch im Verlag Neues Leben als Lektorin tätig, und meines Erachtens auch Rainer Kirsch. Der Vorschlag wurde aufgegriffen, und am Ende schlug Grass vor, auch Hans Joachim Schädlich zu beteiligen, er könne ja über die deutsche Sprache in Ost und West vortragen. Dass er Prosatexte schrieb, war in dieser Runde nicht bekannt. Als Termin des ersten ostwestdeutschen Schriftstellertreffens wurde der 28. August, Goethes Geburtstag, vorgesehen. Bernd Jentzsch war für die ostdeutschen Schriftsteller zuständig, Grass wollte sich um die westdeutschen kümmern.

Das erste Treffen fand dann jedoch nicht erst im August, sondern bereits am 1. Mai 1974 statt, und es war der Anfang eines dreijährigen literarischen Austauschs, der im Nachhinein gerne als Fort- oder Weiterführung der Gruppe 47 eingeordnet wird, mit einem festen Kern und wechselnden Teilnehmern aus Ost und West. An der ersten Zusammenkunft in der Wohnung von Bernd Jentzsch nahmen aus dem Osten die Dichter Karl Mickel und Heinz

Czechowski sowie der unbekannte Hans Joachim Schädlich teil, Günter Grass hatte aus dem Westen Uwe Johnson, Christoph Buch und Nicolas Born mitgebracht.

Bevor das Treffen begann, hatte es meiner ganzen Überredungskunst bedurft, dass Hans Joachim Schädlich neben einer linguistischen Arbeit auch literarische Texte in die Tasche steckte. Er hatte nach den vergeblichen Bemühungen mit dem Hinstorff Verlag Angst vor der Öffentlichkeit.

An diesem Nachmittag wurde eine Verfahrensweise beschlossen, die die ganzen Jahre beibehalten wurde: Jeder der Lesenden musste auf einen Zettel seinen Namen schreiben, der wurde in einen Hut geworfen, und dann wurde gezogen. Wessen Name auf dem Zettel stand, der hatte zu lesen und musste sich der anschließenden Bewertung stellen. In welcher Reihenfolge Uwe Johnson aus dem dritten Band der »Jahrestage«, Günter Grass Gedichte, Nicolas Born aus der »Erdabgewandten Seite der Geschichte«, Bernd Jentzsch Gedichte, Karl Mickel Gedichte, Hans Christoph Buch den Prolog zu »Aus der Neuen Welt« und aus dem ersten Teil von »Aufzeichnungen eines Wahnsinnigen«, Heinz Czechowski Gedichte las, kann ich aus meinen spärlichen Aufzeichnungen über die Treffen, an denen ich bis zur letzten Schriftstellerbegegnung vor unserer Ausreise teilgenommen habe, aber nicht entnehmen.

Als Hans Joachim Schädlichs Name aufgerufen wurde, wusste niemand, was ihn erwartete, auch ich nicht, aber mir fällt meine Erleichterung ein, als er den ersten Satz las. Hans Joachim Schädlich hatte sich zu seinen literarischen Texten entschlossen. An dem Tag las er die Erzählungen »Lebenszeichen«, und »Unter den achtzehn Türmen der Maria von dem Teyn«, eine Geschichte aus dem Jahr 1971, die dem Hinstorff Verlag nicht vorgelegt worden war. In ihr wird die Verfolgung von zwei Jugendlichen beschrieben, die in Prag nach dem Einmarsch der Warschauer Paktstaaten vor einem westdeutschen Mikrofon ihren Unmut erklärt hatten und aufgrund spezifischer Stimmmerkmale ausfindig gemacht und verhaftet werden konnten. Die Geschichte endet mit dem Absatz: »Die Beauftragten klären Zusammenhänge, Das Machtinstrument ist gefährdet worden durch Hetze, die organisierte Macht des werktätigen Volkes verleumdet, das ist an der Stimme zu erkennen.«

Nach der Lesung war es still, eine quälend lange Weile. Niemand von den Anwesenden, außer Bernd und mir, hatte mit literarischen Texten gerechnet, sondern war auf etwas ganz anderes eingestellt gewesen. Den Bann brach Uwe Johnson mit dem Satz: »Diese Texte sind mit einer Sorgfalt geschrieben, und diesen Luxus können wir uns in Westdeutschland nicht mehr leisten.« Das Lob griff um sich, und Johnson beschloss die Diskussion mit dem Satz: »Ich erwarte in einem Jahr ein Buch von Ihnen.« Ein »Ritterschlag«, wie Hans Joachim Schädlich es nannte.

»Daran war natürlich nicht zu denken, '74! Also ich habe einen Sprung gemacht, mit meinem Text, in diesem Kreis und war von da an drin. Das war wie eine geistige Zufluchtstätte für drei Jahre, von '74 bis '77. Das war mein geistiges Refugium, dieser Kreis, der dann in immer wechselnden Besetzungen, aber mit einem immer gleichen Stamm sozusagen, sich getroffen hat«, wird Hans Joachim Schädlich in dem Gespräch mit Wolfgang Müller später sagen.

Man muss sich die Bedeutung dieser Anerkennung vorstellen! Hans Joachim Schädlich hatte von einer Stunde auf die andere Zuhörer und einen Kreis, der ihn ermutigte und von ihm Geschichten erwartete.

Am Abend des 1. Mai wurde das nächste Treffen vereinbart, und das fand dann tatsächlich an Goethes Geburtstag, also am 28. August des gleichen Jahres, bei uns in der Rotkäppchenstraße in Berlin-Köpenick statt, wohin wir inzwischen umgezogen waren.

Zu diesem Treffen, bei dem Hans Joachim Schädlich den Text »Einseitige Ansehung« las, kamen Günter Grass, Bernd Jentzsch, das Ehepaar Kunert, Nicolas Born, Christoph Buch, Sarah Kirsch, Karl Mickel und Rainer Kirsch.

Es ist hier nicht der Ort, über alle Zusammenkünfte zu reden, aber drei Dinge sind hervorzuheben: Es sind Freundschaften entstanden, auch zu westlichen Schriftstellern wie Nicolas Born, Hans Christoph Buch und Rolf Haufs, die uns wie Günter Grass auch außerhalb der Treffen besuchten. Hans Joachim Schädlich wurde als Schriftsteller eine feste Größe, für Sarah Kirsch, mit der Hans Joachim Schädlich eine lebenslange Freundschaft verband, für Klaus Schlesinger und Günter Kunert. Das wahrscheinlich Wichtigste für die literarische Entwicklung von Hans Joachim Schädlich aber war: Er musste schreiben, weil zu jeder Zusammenkunft ein neuer Text erwartet wurde. In den Jahren 1974 bis 1977 sind achtzehn Texte entstanden, die zum großen Teil in den ostwestdeutschen Lesungen ihre erste Öffentlichkeit gefunden haben und die den Hauptteil des 1977 im Rowohlt Verlag erschienen Bandes »Versuchte Nähe« ausmachen.

Spätestens nach dem zweiten dieser Schriftstellertreffen ging man dazu über, aus den Zusammenkünften Feste zu machen; zuerst wurde gearbeitet, wobei viel getrunken und geraucht wurde, am späteren Abend wurde üppig gegessen und so lange geredet, bis die westlichen Besucher zurück zum Grenzübergang Friedrichstraße mussten.

Mit der Ermutigung und Bestätigung durch die Schriftstellertreffen änderte sich auch der Ton der Briefe, die mit dem Hinstorff Verlag gewechselt wurden. Zwar schickte Hans Joachim Schädlich vom 27. Mai 1974 an weitere Erzählungen nach Rostock, so »Papier und Bleistift«, »Dobruska«, »Apfel auf silberner Schale«, »Kriminalmärchen I«, auf deren Einsendung er schriftliche Bestätigungen erhielt, aber am 24. August 1974 schrieb er: »Ich schicke Ihnen etwas namens EINSEITIGE ANSEHUNG; es ist der dreizehnte Text, glaube ich, von CATTs Anfängen abgesehen. Ein Zeichen von Unverdrossenheit also. Das Vergnügen besteht vor allem in der Niederschrift. Ich bin umgezogen, wie ich Ihnen schrieb, und fühle mich wohler. Daß die Sachen niemand gebrauchen kann, die ich Ihnen schicke, ist mir beinahe unangenehm. Ich freu mich, wenn Sie sie lesen.«

Nachdem Heinrich Ehlers dem Verlag aus gesundheitlichen Gründen nicht mehr als Lektor für »Entwicklungs«-Arbeit zur Verfügung stand (zwei private Briefe von Ehlers geben dazu Erklärungen ab), schrieb Ehlers noch einmal am 14.2.1975 nach der Übersendung der Erzählung »Kurzer Bericht vom Todfall des Nikodemus Frischlin«:

»Sie ist von jener kompositorischen und sprachlichen Perfektion, die mir von Anfang an bei Ihnen solche Hoffnung gemacht hat, so viel jedenfalls, daß ich hier trotz aller grundsätzlichen Bedenken, über die Sie im Bilde sind, von einem möglichen Projekt Schädlich spreche, das ich für wünschenswert und verfechtbar halte – Bedingungen vorausgesetzt, die bei Ihnen wären, auch über sie ist gesprochen worden. ... Ihr Können, Ihr Talent gäben einem geschlossenen Band Schädlich jene Wahrscheinlichkeitsprozente, die ein planendes und produzierendes Unternehmen, das ganz klare kulturpolitische und ökonomische Zielstellungen hat, braucht, aber eben den übergreifenden, verbindenden Gedanken zwischen den Stücken vorausgesetzt – und dieser nützlich im Kontext einer sozialistischen Literatur.

... Nun zu der Geschichte. Wem der Mann nicht zufällig bekannt ist, der erfährt aus jedem Lexikon mehr über ihn als aus Ihrer Erzählung. Es ist eine historische Erzählung ohne historischen, ja ohne jeden Stoff. Was also herauskommt (und hier nur herauskommen kann), ist nicht mehr als die recht vage Vorstellung von einem absoluten, geschichtlich nicht determinierten Konflikt von Geist und Macht, den es realiter nicht gibt. Das ist hier zuwenig und zuviel. Da der Leser konkret liest (und ja vom Historischen, das es wert wäre, nichts erfährt), zieht er jedenfalls die ihm einzig zugängliche Realität heran, die der Gegenwart, und so wird aus dem interessanten, historischen Mann F. so etwas wie ein Biermann, Havemann, Heym, und aus dem gesichtslosen Herzog, der Macht, wird ... Da ist eine ebenso vertrackte wie unerwünschte Folgerichtigkeit, wie Sie zugeben werden; die Folge eines Konzeptionsfehlers, schätze ich. Man sollte nicht ohne faßbaren Stoff erzählen.

Ähnlich ist es mit ›Papier und Bleistift‹, wo der Dichter sich selber eine Welt macht, eine Allegorie am Ende – eine hierarchische bürokratische Riesenmaschinerie dreht sich im Leeren ohne Sinn und Verstand, eine Satire im Hintergrund auf vieles und auch wieder nichts –, und das steht für eine Welt, von der der Dichter doch nur das Bild machen kann, indem er sie vorfindet als eben die, in der auch andere leben, eigentlich. Es ist natürlich vieles, was Sie *gemeint* haben können, auch was den Schaffensprozeß betrifft – aber nach welcher Seite geht dies Gewehr eigentlich los? Ich habe das Gefühl, daß Sie, indem Sie von »Catt« ließen, in Stoffnot geraten sind und in den Sog bodenloser Bedeutungen. Höflicher: in Ihren vielen kleinen Geschichten, so bestechend sie als geschliffene Edelsteine sind, scheint sich ein Ressentiment zu realisieren, das noch keiner Literatur genützt hat, ich wüßte nicht. Daß es kein Mißverständnis gibt: ich suche nicht Sie, den ich sehr unbefangen und sachlich schätze, wie Sie hoffentlich erfahren haben, sondern Ihre Geschichten zu ergründen.

Wir haben von Ihnen noch nicht genug Sicheres auf dem Tisch für Aufnahme in den Perspektiv- oder gar Produktionsplan. Alles liegt noch bei Ihnen: dem, der die Geschichten schreibt und uns ein Ganzes, Rundes konzipiert und macht. Lassen Sie ein »Positives« werden (Sie wissen, daß wir keine platten Realismusvorstellungen haben), nehmen Sie Realität in die Hand, Hände voll, und machen Sie damit, was nur Schädlich machen kann. Und verschwenden Sie sich nicht [...]«

In den Erzählungen, die dem Hinstorff Verlag eingereicht wurden, zeigt sich, und das ist wirklich bemerkenswert, das Thema, das Hans Joachim Schädlich in all seinen Texten beschäftigen wird: die Auseinandersetzung von Geist und Macht, in unterschiedlichster Konstellation und sprachlicher Darstellung. Dass dieses Thema in der DDR auf Ablehnung stoßen musste, überrascht nicht. Verwunderlich im Nachhinein ist nur, dass ein Autor mit dieser Thematik nicht nur nicht sofort abgewiesen, sondern bewusst hingehalten wurde. Hinhalten bedeutete erst einmal keinen weiteren Schaden, abgesehen von dem Schaden für den Autor selbst. In »Catt« wird dieses Thema ebenfalls gestaltet, und zu meiner Überraschung kann man in der von Catt geschriebenen Erzählung »Juca und Koschko«, die Teil des Romanfragmentes ist, bereits Konstellationen erkennen, die Jahrzehnte später in den Romanen »Kokoschkins Reise« und »Sire, ich eile« wiederkehren.

Drei Monate nach Erhalt dieses Briefes antwortet Hans Joachim Schädlich am 18. Mai 1975 grundsätzlich und entschieden: »[...] Im Grunde genommen war es Ratlosigkeit. Denn es ist nicht so, daß ich in Stoffnot geraten bin, nur: ich entspreche nicht den Erwartungen. Ich kann nicht machen, was mir nicht notwendig erscheint, Notwendigkeiten scheinen überflüssig, sogar unerwünscht. Ich kann das natürlich verstehen. Aber es ändert nichts. Es wird also bestenfalls nichts mehr herauskommen, was hoffen läßt. Lassen Sie es mich einmal so deutlich sagen, und glauben Sie mir, es ist kein Ressentiment, es ist eine Einsicht. Sie lesen aus meinen kleinen

Geschichten ›ein Ressentiment‹, ›das noch keiner Literatur genützt hat.‹ Was ist das? Nennen wir es nicht Ressentiment, nennen wir es Anspruch auf einen – meinetwegen kleinen – fortgeschwiegenen Realitäts- und Wahrheitsbereich. Hat ein solcher Anspruch noch keiner Literatur genützt? Aber ich will mich nicht produzieren. Leider empfinde ich Ihre Meinung über den Frischlin-Text, daß ihm nämlich ein Konzeptionsfehler zugrunde liege, nicht als richtig. Natürlich hat die Geschichte etwas mit dem Widerspruch zwischen den Gedanken eines eigensinnigen Poeten und den Vorstellungen seiner Obrigkeit zu tun. Aber die Geschichte ist ›historisch-konkret‹, es ist ja Frischlin, Ende des 16. Jahrhunderts. Und wenn es mehr ist, wenn dieser Widerspruch auch später und anderswo beobachtbar bleibt, so ist es keine ›vertrackte und unerwünschte Folgerichtigkeit‹. Dieser Konflikt ist in verschiedenen Gesellschaftsordnungen eklatant, auch in unserer. Wollen wir das leugnen? Dieser Text ist mit einem Wort – nicht ›ohne jeden Stoff‹! Wie anders als ratlos soll ich also sein, wenn ich Ihren Brief lese. [...]

Natürlich bin ich ein wenig enttäuscht, daß nicht ein einziger Text die Gnade der ›Drucker‹ gefunden hat, aber das ist es nicht. Ich muß wohl verstehen, daß es so sein muß, und so möchte ich auch verständlich machen, warum es – meines Erachtens – so ist.

Machen wir uns nichts vor. Auf die Gefahr, ganz ungerecht zu sein, – ich bin lernfähig, kann mich korrigieren –, sage ich Ihnen, daß ich nicht einmal an die Publikation der Geschichte von der fröhlichen Tante glaube. Ganz abgesehen davon, daß sie nicht die beste von den vorliegenden Geschichten ist, nach meiner Vorstellung. Nie verstanden habe ich, warum der Text ›Komm, mein Geliebter‹ aus der Anthologie herausmußte. Waren die anderen so gut, so schlecht? Wie tot muß etwas sein, damit es nichts mehr bewegt?

Von allen Texten sind nach Ihren Worten die ›Hohelied‹-

Geschichte und die Geschichte von jener Tante als Kandidaten für eine Publikation denkbar. Kann ich denn mit der Vorstellung einverstanden sein, daß gerade solche Texte wie ›Lebenszeichen‹, ›Papier und Bleistift‹, ›Einseitige Ansehung‹, ›Frischlin‹, die mir viel wichtiger sind als die beiden Kandidaten, für einen Verlag sinnlos sind? Sie dürfen doch nicht fehlen, welches Bild wird sonst erzeugt? […]

Herrn Frohriep, den ich als Ihren Freund empfangen habe, wollte ich einige meiner Vorstellungen so deutlich wie möglich erklären, ich hoffe, es ist mir gelungen. Übrigens bat ich ihn, mir das Catt-Material (25 Seiten) auf immer zurückzuschicken. […]«

Aus dieser Antwort ist zu lesen, wie sehr Hans Joachim Schädlich mit der Hoffnung auf eine Publikation seiner Geschichten in der DDR abgeschlossen hatte. Die Frage muss gestellt werden: Wie lange hätte Hans Joachim Schädlich die Abweisungen, Vertröstungen, Demütigungen und falschen Forderungen eigentlich noch durchgehalten, wenn es die Schriftstellertreffen mit der Ermutigung und auch Förderung nicht gegeben hätte?

Der Verdacht, dass die Schriftsteller in einer Diktatur für die Schublade schreiben und man sie in veränderten Zeiten nur öffnen müsse, ist spätestens nach 1989 widerlegt worden. Die Schubladen waren leer, es fanden sich keine bemerkenswerten Texte.

Nach Heinrich Ehlers nimmt sich der Lektor Ulrich Frohriep der Zusammenarbeit mit Hans Joachim Schädlich an. Frohriep verlangt erneut eine Kurzbiografie für die mögliche Veröffentlichung der »Tante liebt Märchen«-Geschichte, die Hans Joachim Schädlich halbherzig schickt. Der Verlagsleiter Konrad Reich bittet mehrmals um ein Treffen, das dann aber wie die anderen zuvor aus terminlichen Gründen abgesagt werden muss. Andere Texte sollen laut Frohriep für die gerade im Entstehen begriffenen Zeitschrift

Temperamente eingereicht werden, was sich aber am 6. April 1976 zerschlägt. Die Zeitschrift habe nun doch eine andere Richtung genommen, in der für Hans Joachim Schädlich kaum Platz sei und die ihn auch nicht befriedigen könne, schreibt Konrad Reich.

Vor dieser Absage war es im März 1976, nach telegrafischer Verabredung, zu einem Treffen mit Konrad Reich und dem neuen Cheflektor Horst Simon gekommen – einem Inoffiziellen Mitarbeiter der Staatsicherheit (IM »Schönberg«), wie wir später aus den Akten erfuhren.

»In einem etwa zweistündigen Gespräch im Hotel Unter den Linden wurde mir zweistimmig Besinnung und Einkehr empfohlen. Einen Blick für Wirklichkeit zu gewinnen, einen neuen Schreibansatz zu finden – das sei die Aufgabe. Konrad Reich legte den Besuch eines Bergwerks nahe oder Arbeit zur Erntezeit, zum Beispiel auf einem Mähdrescher«, schreibt Schädlich in seinem Essay »Der andere Blick«.

Von da an schickte Schädlich keine Texte mehr an den Hinstorff Verlag.

Weil Hans Joachim Schädlich mehr Zeit für seine literarische Arbeit haben wollte, war er seit dem 1. April 1976 nicht mehr als fester Mitarbeiter der Akademie der Wissenschaften, sondern nur noch als »Mitarbeiter auf Honorarbasis« in der Akademie und nebenbei als Übersetzer für belletristische Verlage tätig. Dafür benötigte er eine Steuernummer. Ohne eine solche gehörte man »nach festgesetzter Zeit zur Kategorie der Asozialen und konnte strafrechtlich verfolgt werden«, schreibt er in »Der andere Blick«. In Sarah Kirsch und Roland Links, Lektor im Verlag Volk & Welt, fand er die zwei notwendigen Bürgen, und am 1. Juni 1976 wurde er als Kandidat des Schriftstellerverbandes in der Kategorie Übersetzer mit der Ausweisnummer 143 aufgenommen.

Die Schriftstellertreffen waren zu einer festen Instanz geworden und zum Ärger der Staatssicherheit »lupenrein«. In all den Jahren ist es nicht gelungen, einen Spitzel in den Kreis einzuschleusen. An Bemühungen hat es nicht gefehlt, auch nicht an Versuchen, die Treffen in den jeweiligen Wohnungen abzuhören.

Da sich die Schriftsteller zweimal in der Wohnung meiner Freundin Edda Bauer in Friedrichshagen trafen, hatte die Stasi vermutet, dass dieser Ort zu einem der bevorzugten Orte werden würde. In der Nachbarwohnung wurde eigens ein »operativer Stützpunkt« errichtet, in dem die Schnüffler mit hochempfindlichen Mikrofonen über ein Loch in der Scheuerleiste mitzuhören beabsichtigten. Dazu kam es nicht, auch nicht am 6. Mai 1977, als Jurek Becker seinen Freund Manfred Krug mitbrachte, der aus seinem Tagebuch, das später unter den Titel »Abgehauen« veröffentlicht wurde, vorlas. Die Stasi musste sich damit begnügen, in einem Auto vor dem »Objekt« zu warten und zu notieren, wann die Gäste eintrafen, und dass sie irgendwann »in offensichtlich angetrunkenem Zustand« das »Objekt« wieder verließen.

Wir wussten, dass der Stasi diese Begegnungen nicht verborgen bleiben konnten, aber es kümmerte uns nicht. Wir versuchten nur, den Kreis, obgleich im Laufe der Jahre insgesamt 44 Autoren daran teilnahmen, manche nur einmal, viele mehrmals, einige immer, so überschaubar wie möglich zu halten.

Nur einmal, bei einem Treffen, das am 12. November 1976, einen Tag vor der Ausbürgerung Biermanns, bei Günter Kunert in Berlin-Buch stattfand, waren Christa Wolf und ihr Mann Gerhard, Stephan Heym und seine Frau Inge, Günter de Bruyn, Friedrich Dieckmann und Heiner Müller dazugeladen. Grund dafür waren weniger die Lesungen, als vielmehr die Teilnahme von Max Frisch. Nur er und Kurt Bartsch lasen an diesem Tag, Marianne Kunert entschied, das übliche Ritual zu durchbrechen. Schnell bildeten sich zwei Lager, zu dem einen gehörten Christa Wolf und die oben genannten Schriftsteller. Zu dem anderen Günter Grass, der von Christa Wolf und etlichen anderen gemieden wurde, Rolf Haufs, Jeanette Lander, Kurt Bartsch, Klaus Schlesinger, Bettina Wegner und wir.

Ich weiß noch – wir holten mit unserem Lada Max Frisch ab –, wie er endlich aus dem Bahnhof Friedrichstraße kam. Stundenlang hatte er an der Grenze warten müssen mit Büchern im Gepäck, die längst auch in der DDR erschienen waren, und dem Zöllner vergeblich klarzumachen versucht, dass er der Verfasser dieser Bücher sei, und nach einigem Hin und Her in schönstem Sächsisch zu hören bekam: »Dann sind Sie wohl so etwas Ähnliches wie ein Schriftsteller«. Nun saß er bei Kunert und las in seinem wunderbaren schweizerischen Tonfall aus dem zweiten Bild von »Triptychon« vor, in dem eine »Katrin im Schaukelsessel« vorkam.

Ich weiß, dass Günter Grass in der Küche von Marianne Kuttelsuppe kochte – die Kutteln hatte sie von einem Fleischer außerhalb Berlins besorgt – und sie sich lautstark über den Geruch beschwerte. Sie selbst hatte Gulasch- und Hammelsuppe gekocht, und dass man über den Ausschluss von Reiner Kunze aus dem Schriftstellerverband diskutierte. Das bevorstehende Konzert von Biermann in Köln war kein Thema an diesem Abend.

Als wir uns in der Nacht des 12. November trennten, ahnte noch niemand, dass vom nächsten Tag an alles anders werden würde.

Am 13. November 1976 trat Wolf Biermann in Köln auf. Drei Tage später wurde ihm die Staatsbürgerschaft der DDR entzogen. Noch am gleichen Tag baten zwölf namhafte DDR-Schriftsteller – einige von ihnen hatten vier Tage zuvor in der Wohnung von Günter Kunert mit Max Frisch zusammengesessen – die Regierung, die Ausbürgerungsentscheidung noch einmal zu bedenken.

Nach dem Bekanntwerden dieser Petition am 17. November schlossen sich zahlreiche weitere Künstler und Schriftsteller dieser Bitte an, auch Hans Joachim Schädlich setzte noch am selben Tag seinen Namen auf die Unterschriftenliste.

Am 23. November 1976 wurde er in die Akademie der Wissenschaften bestellt und aufgefordert, seine Unterschrift zurückzuziehen. Er weigerte sich.

Am 6. Dezember 1976 forderten auch Manfred Küchler und Roland Links vom Verlag Volk & Welt ihn auf, die Unterschrift zurückzuziehen. Neue Übersetzungsaufträge werde es sonst nicht mehr geben. Er weigerte sich.

Auch in den Schriftstellerverband wurde Hans Joachim Schädlich zitiert. Gisela Steineckert verlangte von ihm die Zurücknahme der Unterschrift. Vergebens.

Am 20. Dezember 1976 erfolgte von einem Lektor des Verlages Neues Berlin die Mitteilung, »die Hauptabteilung Verlage und Buchhandel im Ministerium für Kultur habe den Abschluss eines Förderungsvertrages mit mir untersagt, weil ich wegen meines Protests gegen die Ausbürgerung Wolf Biermanns nicht förderungswürdig sei«, wie Schädlich in »Der andere Blick« schreibt.

Am 4. Januar 1977 teilte der Stellvertretende Direktor des Akademie-Instituts mit, Hans Joachim Schädlich habe die Zusammenarbeit mit dem Institut rückwirkend zum 31. Dezember 1976 als beendet zu betrachten.

Ohne Arbeit und Verdienstmöglichkeiten waren wir in einer ziemlich ausweglosen Situation, zumal auch ich wegen meiner geäußerten Meinung zu der Ausbürgerung Biermanns im theaterwissenschaftlichen Institut unter Druck geriet.

Das erste private Schriftstellertreffen nach der Ausbürgerung Biermanns fand am 4. Februar statt und stand unter dem Eindruck der

Ereignisse. Jürgen Fuchs, Gerulf Pannach, Christian Kunert waren wie viele andere verhaftet worden, Bernd Jentzsch hatte aus der Schweiz, wo er sich zu Recherchezwecken aufhielt, in einem offenen Brief an Honecker seine Verurteilung der Ausbürgerung zum Ausdruck gebracht, war, wie er wusste, auf die Fahndungsliste gesetzt worden und kehrte nicht zurück. Seine Frau und sein Sohn durften ihm im März 1977 in die Schweiz folgen. Im Dezember war Thomas Brasch, der zweimal an einem Schriftstellertreffen teilgenommen hatte, zusammen mit Katharina Thalbach, seiner Lebensgefährtin, nach Westberlin ausgereist, Sibylle Havemann, Christine Biermann, Nina und Eva-Maria Hagen war die Ausreise aus der DDR gestattet worden; der Exodus kündigte sich an, auch wenn die Kulturpolitik der DDR konsequent den Weg verfolgte, keine neuen Biermänner zu schaffen.

Das Gefühl von Zusammengehörigkeit, das in der kurzen Zeit im November zwischen den Arrivierten und Nicht-Arrivierten bestand, musste so schnell als möglich gestört werden, indem man zwischen Privilegierten und Nicht-Privilegierten unterschied. Man druckte die Bücher der Schriftsteller, die sich gegen die Ausbürgerung ausgesprochen hatten, gab ihnen unaufgefordert Stipendien (Sarah Kirsch erhielt ein solches für zwölf Monate vom Aufbau-Verlag), bot ihnen Reisen an. Sarah Kirsch bekam im April 1977 innerhalb von drei Tagen ein Visum für Westberlin, um zur Beerdigung von Günther Bruno Fuchs zu fahren, Marianne und Günter Kunert nahmen in Westberlin ebenfalls in diesem Monat an der Akademietagung teil, im Mai 1977 bekamen Klaus Schlesinger und Bettina Wegner ein Visum für Paris, im gleichen Monat durfte Sarah Kirsch nach Hamburg fahren. Mit solchen Vergünstigungen sollten die in der DDR bereits bekannten Schriftsteller ruhiggestellt werden.

Wir gehörten zu den Nicht-Privilegierten, der Förderungsvertrag für Hans Joachim Schädlich war im Dezember abgelehnt worden, und mir wurde an der Humboldt-Universität der Vorschlag unterbreitet, mich von Hans Joachim Schädlich scheiden zu lassen (als Lohn dürfe ich Karriere an der Humboldt-Uni machen).

In dieser Zeit kamen Sarah Kirsch und wir auf die »fixe« Idee, uns zusammen ein Anwesen in Mecklenburg-Vorpommern zuzulegen; ich denke, es hatte damit etwas zu tun, dass keiner von uns die Vorboten, die eine Ausreise aus der DDR wahrscheinlich machten, sehen wollte. Ein Haus mit Bauernantiquitäten, einer wunderbaren Kochhexe mit glänzenden Messingbeschlägen, Zwiebelmustergeschirr – in meiner Erinnerung das schönste Haus, das ich je gesehen habe – war schon gefunden. Es lag auf einer Anhöhe, umgeben von Wald und glitzernden Seen, sogar einen eigenen Bienenstock gab es. Doch Sarah Kirsch und Hans Joachim Schädlich zeigten sich von der Schönheit, die wir im Frühsommer des Jahres 1977 bestaunten, unbeeindruckt. Zwar fand Sarah, dass die Sonne hier röter untergehe als anderswo, aber der Fußboden sei brüchig. Hans Joachim Schädlich fand alles zu klein und meinte, in dem Haus wachse der Schimmel schon durch die Wände. Ich war enttäuscht. Begriff nicht.

Erst auf der Rückfahrt wurde mir, die ich kurz vor dem Abschluss meiner Dissertation stand, verkündet, es gäbe keine Zukunft in der DDR, kein Haus in Mecklenburg, der Weg führe in den Westen, für Sarah und für uns.

Auf der einen Seite konnte ich die Notwendigkeit nachvollziehen. Hans Joachim Schädlich hatte sich nach den vergeblichen Bemühungen, für seine Texte in der DDR eine Öffentlichkeit zu finden, entschlossen, seine Erzählungen ohne Genehmigung der DDR im westdeutschen Rowohlt Verlag erscheinen zu lassen. Es war abzusehen, in welche Schwierigkeiten wir geraten würden. Auf der anderen Seite hing ich an einer Arbeit, für die ich in den vergangenen Jahren geforscht hatte und von der ich glaubte, sie sei etwas wert. Dieses Projekt aufzugeben – der Termin der Verteidigung war für das Frühjahr 1978 festgesetzt – war fast ebenso schmerzlich wie die Trennung von Mutter, Brüdern, Freunden und anderen Wegbegleitern.

Am 25. Juli 1977 – im Juni hatte Manfred Krug mit Familie die DDR verlassen – gab Sarah Kirsch ihren Ausreiseantrag ab. Beim nächsten Schriftstellertreffen am 5. August bei uns in Köpenick gab sie bekannt, dass ihrem Gesuch stattgegeben worden sei. Am 28. August verließ sie die DDR. Zwei Tage vorher waren Jürgen Fuchs, Gerulf Pannach und Christian Kunert nach neunmonatiger Haft in den Westen abgeschoben worden.

Nachdem das Buch »Versuchte Nähe« im August 1977 im Rowohlt Verlag erschienen war und die Texte von der DDR als »staatsfeindliche Hetze« und »Hetze gegen die Sowjetunion« bezeichnet worden waren, drohte Hans Joachim Schädlich wie dem gerade verhafteten Rudolf Bahro eine Gefängnisstrafe von bis zu zehn Jahren – es war Zeit, den Ausreiseantrag zu stellen. Der Antrag wurde am 30. September abgelehnt. Aus den Stasi-Akten war 1992 zu erfahren, dass die Untersuchungsabteilung des MfS einen Strafprozess gegen ihn vorbereitete. Hans Joachim Schädlich sollte zur Verantwortung gezogen werden. Am 5. Dezember 1977 aber wurde dem Antrag dann doch plötzlich stattgegeben, mit der Auflage, die DDR innerhalb von fünf Tagen, also am 10. Dezember 1977, zu verlassen.

Warum? Die Untersuchungsabteilung hatte die Teilnahme westlicher Schriftsteller an den privaten ostwestdeutschen Schriftstellertreffen bewertet. Ein Strafprozess gegen Hans Joachim Schädlich hätte nach Meinung der Untersuchungsabteilung zu Protesten namhafter Autoren wie Grass, Frisch, Johnson geführt, und der politische Schaden wäre größer als der Schaden, den Hans Joachim Schädlich mit seinem Buch »Versuchte Nähe« angerichtet hatte. Deshalb sprach sich die Untersuchungsabteilung für die Genehmigung des Ausreiseantrags aus; Hans Joachim Schädlich wäre dann bald vergessen.

Hans Joachim Schädlich ist erst im Westen, wie er sagt, ein richtiger Schriftsteller geworden. Hier begann seine fast kontinuierliche Produktion, wenn man von den Eingewöhnungsschwierigkeiten absieht. Den Versuch, in der DDR Prosa zu veröffentlichen, hat es gegeben. Diese intensiven Bemühungen sind von DDR-Verlagen zunichtegemacht worden. Den Schriftsteller zu verhindern oder mundtot zu machen, haben sie nicht geschafft.

Die Geschichte »Tante liebt Märchen« ist übrigens nach unserer Ausreise doch noch in der Gemeinschaftsanthologie des Mitteldeutschen Verlages erschienen. Als Erscheinungsjahr steht auf dem Titelblatt 1976. Wahrscheinlich, um dem Vorwurf im Klappentext des Rowohlt Verlages zu begegnen, Schädlichs Texte hätten nur im Westen erscheinen können.

1996 hat Sarah Kirsch gesagt, Schädlich sei ein Autor, »dem es in diesem Ländchen ehemals ... nicht gelang, ein einziges Buch nur herauszubringen ... ein Meisterstück ...«

Editorische Notiz

Hiermit wird das Fragment »Catt« von Hans Joachim Schädlich erstmals vollständig publiziert.

Ein Teilstück des Textes ist bereits 1995 in der Anthologie »›Nach zwanzig Seiten waren alle Helden tot‹. Erste Schreibversuche deutscher Schriftsteller« (herausgegeben von Karl Corino und Elisabeth Albertsen, erschienen im Verlag Marion von Schröder) veröffentlicht worden.

Das Romanfragment sowie die entsprechenden Begleittexte werden in dieser Ausgabe entsprechend ihrer Entstehungszeit in alter Rechtschreibung wiedergegeben, das Nachwort der Herausgeberin Krista Maria Schädlich hingegen in neuer.

VERBRECHER VERLAG

Rudolf Lorenzen

ALLES ANDERE ALS EIN HELD

Roman

688 Seiten
Leinen mit Lesebändchen
32 €

ISBN: 978-3-943167-45-0

Robert Mohwinkel ist kein Held. Im Gegenteil, er versucht, wo immer es geht, sich ganz und gar anzupassen. In der Familie, in der Schule, in seiner Ausbildung zum Schiffsmakler, in der Wehrmacht, stets möchte der junge Träumer, nicht auffallen. Nur im Tanzclub blüht er ein wenig auf. Erst nach dem Krieg, als sich die Zeiten geändert haben, und die Duckmäuser alter Schule nicht mehr gefragt sind, wacht er auf. Doch selbst diesmal macht er es nicht wirklich richtig.

Der Roman »Alles Andere als ein Held« erschien erstmals 1959, ging allerdings trotz guter Kritiken neben Grass' »Blechtrommel« und Bölls »Billard um halb zehn« unter. Das lag nicht zuletzt daran, dass man in Deutschland so kurz nach dem Krieg von der allseitigen Anpasserei, den Verbrechen der Wehrmacht und den Betrügereien, auf denen sich das »Wirtschaftswunder« begründete, nichts hören wollte.

»Ich bin gar nicht sicher, ob ›Alles andere als ein Held‹ nicht der beste Roman irgendeines heute lebenden deutsch schreibenden Autors ist.«
Sebastian Haffner

»Ja, da gab es ein Buch, es hieß ›Alles andere als ein Held‹. Von Rudolf Lorenzen. Darin wird das erste Kriegsjahr beschrieben, und die Sprache, die war so authentisch, so anders, dass ich dachte: So müsste man schreiben.«
Walter Kempowski in Cicero (April 2007) auf die Frage nach Vorbildern für seinen Stil.

Verbrecher Verlag | Gneisenaustraße 2a | 10961 Berlin | info@verbrecherei.de
www.verbrecherei.de

VERBRECHER VERLAG

Benjamin Stein

EIN ANDERES BLAU

Prosa für 7 Stimmen

Hardcover in Leinen
mit Leseband

112 Seiten
19 €

ISBN: 9783957320827

In einer Großstadt bricht ein Bus durch die Straßendecke hindurch in einen U-Bahn-Tunnel. Mehrere Menschen sterben. Zwei von ihnen – ein Mann Mitte dreißig und eine junge Frau – können erst nach Wochen geborgen werden.

Unterdessen fristen die beiden eine Existenz in einem Reich zwischen Leben und Tod, Träumen und Ahnungen, Tanz und Taumel. Sie finden sich wieder in der dünnen Wand zwischen zwei Wohnungen, einem leeren Raum zwischen zwei fremden Leben, in dem nur sie sich bewegen können. Sie versuchen, den Abschied hinauszuzögern, den Abschied von ihren Irrtümern und sorgsam verborgenen Gefühlen, liebevollen und erschreckenden Erinnerungen. Und wenn sie auch nicht umkehren können, verändert sich auf dem letzten Stück Weg doch noch einmal ihr Leben und das der Menschen zu beiden Seiten der Wand – unbemerkt vom Rest der sie umgebenden Welt.

Diese Prosa ermöglicht den Abstand, um mit den Stimmen zu reisen, vielleicht auch gerade dann, wenn man sie schon wieder verlassen hat. Sie ist lyrisch in der Form, innovativ im Umgang mit dem Grauen, das sie mehr andeutet als spektakulär ausschlachtet.

Dieter Wenk / Textem. Texte und Rezensionen

VERBRECHER VERLAG

Benjamin Stein

DAS ALPHABET DES RABBI LÖW

Hardcover in Leinen mit Leseband

286 Seiten
24 €

ISBN: 9783943167795

Ein junger Mann trifft in seinem Stammlokal in Berlin-Kreuzberg einen Unbekannten, der sich ihm als ungewöhnliches Geburtstagsgeschenk für seine Frau aufdrängt: Jeden Dienstagabend wird er bei ihnen vorbeikommen und ihnen eine Geschichte in Fortsetzungen erzählen – Bezahlung: eine Flasche Wodka.

Mit seinen wundersamen Geschichten entführt Jacoby seine Zuhörer von Berlin nach Prag und Budapest und durch das gesamte 20. Jahrhundert. In ihnen geht es um himmlische Paläste und unterirdische Städte, um Engel und Propheten, es wird geliebt, gehasst, verflucht, gestorben und gemordet. Während die Männer noch nach Liebe oder Erkenntnis suchen, haben die Frauen bereits gewählt – und bleiben am Ende doch allein. Und im Hintergrund zieht der Hohe Rabbi Löw von Prag samt Golem die Strippen und führt Regie.

Dies alles ist minuziös durchkonstruiert und erhält die Spannung bis zum Finale aufrecht. Parodistisches Geschick verraten die abstrusen Episoden, in denen sich frech das Heilige und das Profane, hohe Mystik und banaler Alltag wie in einer Kippfigur verbinden. Mystik und Zeitgeschichte sind raffiniert arrangierter Erzählstoff, das eigentliche Thema aber ist das Erzählen selbst.
Franz Adam / Münchner Feuilleton

Verbrecher Verlag | Gneisenaustraße 2a | 10961 Berlin | info@verbrecherei.de
www.verbrecherei.de

Chaim Noll

DER SCHMUGGEL ÜBER DIE ZEITGRENZE

Hardcover

496 Seiten
26 €

ISBN: 978-3-95732-085-8

Im ersten Band seiner Erinnerungen beschäftigt sich Chaim Noll mit seiner Kindheit im geteilten Berlin. Noll, der vor zwanzig Jahren nach Israel auswanderte und heute in der Wüste Negev lebt, wuchs in Ostberlin auf, als Sohn des bekannten DDR-Schriftstellers Dieter Noll, der zur privilegierten Führungsschicht des Landes gehörte.

Doch nur vordergründig ist dieser Band eine Auseinandersetzung mit dem politischen System im Osten Deutschlands, gegen das Noll als junger Mann opponierte, bis er im Winter 1983 – nach Versuchen der Staatssicherheit, sich seiner Manuskripte zu bemächtigen – sein erstes Buch in den Westen schmuggeln ließ und selbst einen Ausreiseantrag stellte.

Vor allem erzählt Noll die Geschichten von Menschen, prominenten und unbekannten, denen er im damaligen Berlin begegnete, und erinnert an die aufregende Geschichte seiner Geburtsstadt, die er noch heute für ihren Überlebenswillen bewundert.

Nolls Erinnerungen sind spannend, zugleich warmherzig erzählt, klar formuliert und frei von Betulichkeit.

Chaim Noll ist ein brillanter Beobachter, und seine Autobiographie die hoch interessante Betrachtung eines Abtrünnigen und wahrlich ein Geschichtsbuch voller Geschichten.
MDR Fernsehen – Kulturmagazin Artour

Giwi Margwelaschwili

KAPITÄN WAKUSCH

Band 1: In Deuxiland
Band 2: Sachsenhäuschen

Hardcover

416 Seiten
26 €

ISBN: 978-3-940426-65-9

Die ersten beiden Bände von Giwi Margwelaschwilis autobiographischem Romanwerk »Kapitän Wakusch« sind seit langem vergriffen und in Antiquariaten sehr begehrt. Nun sind sie endlich wieder zu haben!

Im ersten Band »In Deuxiland« beschreibt er seine Jugend als Ausländer im Dritten Reich. Doch ist er nicht nur ein Exiliantenkind in Deutschland – als Jazzliebhaber, der sich in der Jazzbar »Kakadu« der verbotenen Musik hingibt, ist er zugleich ein jugendlicher Rebell. Mit dem Kriegsende endet der erste Band, der zweite Band »Sachsenhäuschen« nimmt den Faden wieder auf – nun ist Wakusch, das alter Ego Margwelaschwilis, plötzlich ein Gefangener der Sowjets. Er wird nach einer Odyssee durch verschiedene Kerker in das berüchtigte Speziallager Nr. 7 verbracht, dem ehemaligen Konzentrationslager Sachsenhausen. Dort erlebt er Elend und Demütigung, aber auch Lichtblicke, etwa eine Theateraufführung mit dem Mitgefangenen Heinrich George …

In »Kapitän Wakusch« schildert Margwelaschwili die Welt- und seine Lebensgeschichte scheinbar leichthin, in origineller Sprache, ohne aber je die Möglichkeit der Selbstverständigung und der Selbstbefreiung aufzugeben – ein Zeitdokument und zugleich große Literatur!

VERBRECHER VERLAG

Christian Geissler

WIRD ZEIT, DASS WIR LEBEN

Geschichte einer exemplarischen Aktion

Hardcover in Leinen
mit Lesebändchen

360 Seiten
22 €

ISBN: 978-3-943167-19-1

In »Wird Zeit, dass wir leben« erzählt Christian Geissler mit »balladenhaft-lyrischer Präzision« (Heinrich Böll) vom Widerstand der Kommunisten gegen die Nazis in Hamburg. Als ob er mitten im Geschehen steckt, begleitet er seine Figuren durch die Kämpfe vor und nach 1933. Er erzählt von Gewalt von oben und Gegenwehr von unten, vom Spannungsverhältnis zwischen Kollektiv und Individuum, zwischen Disziplin und Eigensinn - und zieht den Leser in die immer noch aktuellen Debatten mit hinein.

Schlosser ist Funktionär der KPD. Bis zu seiner Verhaftung bremst er den Eifer der Genossen im Kampf gegen die Nazis, verweigert die Waffen und pocht auf Disziplin. Die Genossen von der Basis aber wollen kämpfen. Kämpfen bedeutet für sie Lust und Leben. Vor allem für Karo, aber auch für Leo, der noch 1930 zur Polizei geht, aber später begreift, dass er auf der falschen Seite steht.

Geisslers Roman basiert auf einer wahren Geschichte: Das Vorbild für Leo war der Hamburger Polizist Bruno Meyer, der Anfang 1935 die Widerstandskämpfer Fiete Schulze und Etkar André aus dem Gefängnis befreien wollte. Detlef Grumbach recherchierte umfassend und erzählt in seinem Nachwort erstmals vom Schicksal Bruno Meyers.

Das Buch ist Teil der Christian-Geissler-Werkschau im Verbrecher Verlag.

Verbrecher Verlag | Gneisenaustraße 2a | 10961 Berlin | info@verbrecherei.de
www.verbrecherei.de